TAKE
SHOBO

溺愛蜜儀

～神様にお仕えする巫女ですが、欲情した氏子総代と秘密の儀式をいたします！

月乃ひかり

ILLUSTRATION
黒田うらら

JN047985

蜜夢
MITSU
YUME

CONTENTS

MITSU YUME

イラスト／黒田うらら

溺愛蜜儀

〜神様にお仕えする巫女ですが、欲情した氏子総代と秘密の儀式をいたします！

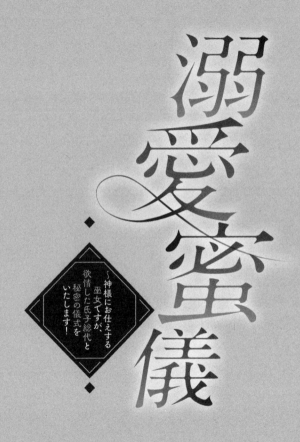

序章　まさかの儀式

夏の恒例行事である夏越《なごし》の大祓《おおはらえ》が終わったばかりの涼やかな夜。

結乃花《ゆのか》は、巫女の装束を身に纏《まと》い、七神神社の宮司である父の後に従って、お社《やしろ》へと向かっていた。

今宵、身に着けているのは、この日のために特別に誂《あつら》えた絹の緋袴《ひばかま》だ。

袴の上には、千早《ちはや》という金糸で鶴と松の刺繡が施された薄物の羽織を合わせている。

巫女服は着慣れているはずなのに、今日ばかりは、なぜだか花嫁衣裳の白無垢でも身に着けているような特別な気持ちになった。

歩を進めながらちらりと境内に目をやると、あたりは宵闇が舞い降りてひっそりと静まり返っている。それでも、拝殿《はいでん》へと続く渡り廊下には、釣燈篭《つりどうろう》が灯され、淡い光が結乃花の行く手を照らし出していた。

しずしずと歩を進めるたび、衣《きぬ》ずれの音だけがやけに耳に響いていっそう緊張が増してくる。前を歩く父の後姿も、いつもより気が張っているようだ。

結乃花はきゅっと手を握りしめ、おろしたての足袋《たび》で転ばないよう入り口の階段を慎重に上る。階段の先は、いつも祈祷を行っている神聖な拝殿だ。

ひと気のない広い拝殿はがらんとしており、夏の夜にしては空気が冷えていて、思わず身を震わせる。

正面に見える神様のおわす本殿へと続く扉には、今宵ばかりは立ち入る者を阻むように御簾《みす》が降ろされていた。

いつもと違い、御簾の両脇に平安の貴族が使うような高灯台《たかとうだい》が置かれ、蠟燭《ろうそく》の灯りだけがちらちらと揺れている。

――いよいよ、今夜。

結乃花は、ごくりと喉を鳴らした。

今宵、この神社で数百年ぶりの神事が執り行われるのだ。

それも、いまだに想いを捨てきれていないあの人と――。

結乃花はすっと深く息を吸い、気持ちを引き締める。

高鳴る胸の鼓動を抑えながら、父に続いて拝殿の中へと足を踏み入れた。

ことの発端は三月《みつき》ほど前に遡《さかのぼ》る。

突然、神社の杜《もり》の中にある伝説の泉が枯れてしまったのだ。

七神神社に代々伝わる書物『禁秘抄《きんぴしょう》』によれば、泉が枯れるのは、神様のお力が弱くなったためだという。

そのため神様が力を取り戻し、水が再び湧き出《い》でるよう、本殿にある御神体《ごしんたい》の前で儀式を執り行うことが必要となった。

過去にこの神事が行われたのは、江戸時代よりさらに昔というから驚きだ。

「ね、ねぇ、お父さん、私にできるのかな。今夜の儀式」

結乃花は心細くなって、ひそひそと父に耳打ちした。

数百年ぶりの儀式だというのに、広い拝殿にはたったの三人しかいない。

宮司である父と、この儀式を見届けるために神社本庁から派遣された神職の春日《かすが》、そしてこの神社の一人娘で巫女でもあり、今宵の儀式を行う当の本人である結乃花のたった三人だけだ。

「もちろん、お前ならできる。むしろ、巫女であるお前にしかできん」

「そうですよ。自信を持ってください。大雨の天気予報にもかかわらず、今宵は満月だ。きっと神様も喜んでおられる」

父の後に続いて、どことなく高貴な佇《たたず》まいの春日が結乃花を見ながらふと目を細めた。

「でも、いおくん……、唯織《いおり》……さんはどこに？」

結乃花は不安を募《つの》らせながら拝殿の中に目を凝らした。

年上の幼馴染であり、代々、この神社をお守りする氏子総代《うじこそうだい》の家柄である久龍《くりゅう》唯織の姿を探したがどこにも見当たらない。

今宵行われる儀式は、彼と二人で執り行うよう言い渡されていたはずなのに。

「唯織君は後から来るよ。今は別室で水垢離《みずごり》の清めを受けている」

「不安になられることはありませんよ、結乃花さん。全ての儀式の詳細《ささい》は、唯織君にお伝えしていますから。あなたは、ただ彼に全てお任せしていればいい」

父に続いて春日が含みのある声で言い、口元をふっと引き上げた。


これから行う儀式は、七神神社に古《いにしえ》より伝わる秘儀ということで、宮司である結乃花の父でさえもその詳細については知らされていない。

全ては『禁秘抄』に記されているのだが、古語や隠語が使われているため、神社本庁でも専門部署にいる春日さんによってその内容が解読された。

それによると、儀式を行うのは七神家の血を引き巫女でもある結乃花と、この神社の氏子総代の家柄である久龍唯織のたった二人で執り行わねばならないという。

しかも、神様だけに奉納する儀式のため、当事者の結乃花と唯織以外にその内容は公にしてはいけない秘儀だというから驚きだ。

ただし、高位の神職でもあり、神社本庁でも特殊な祭祀《さいし》を担当している春日は、この秘儀が無事に行われるかを見届けなければならず、こうしてわざわざ、七神神社にやって来た。

ほかに結乃花が知らされていることといえば、この儀式が神社の杜の中にある泉の伝説に深く関わっているらしいということだけだった。

——七神《しちかみ》の清らかなる玉ノ井《いずみ》に　一の龍の移しの露を注ぐ

さすればその玉ノ井は　再び大地を潤すであろう——

泉の淵に祀られている龍神のおわす石祠《せきし》には、そう古い伝説が刻まれている。だが、その意味を知る者はほとんどいない。苔《こけ》むした石祠がひっそりと佇んでいるだけだ。

「じゃ、早速、始めましょうか？　宮司、祝詞《のりと》を」

春日が結乃花の父親に目配せをした。

宮司である父は少し緊張した面持ちで頷くと、手に持っている白木の棒の先に紙垂《しで》という紙の房を付けた大麻《おおぬさ》をさっと振り上げた。

結乃花は慌てて頭を垂れる。

「——かけまくも、かしこきいざなぎの……」

聞きなれた父の祓詞《はらえことば》が耳に響くと、僅《わず》かに気持ちが軽くなる。

それでも、いつもは巫女として祈祷の手伝いをする立場の結乃花が、こうして拝殿で特別なお祓いを受けるのは稀有《けう》なことで身が引き締まる。

長い祝詞が止むと、父がほっと安堵《あんど》の溜息を吐いた。

「あとは、お前と唯織君に任せるよ」

そう呟いて父と春日が奥に進み、正面にある御簾をくるくると巻き上げた。すると、本殿に続く長い廊下が露《あらわ》になる。

今夜は特別に、廊下の両脇には等間隔に高灯台が灯され、厳かな雰囲気が漂っていた。ここを進めば、神様が祀《まつ》られている本殿と、その御前で神事を行う幣殿《へいでん》がある。滅多なことがない限り、結乃花でさえも勝手に立ち入ることは許されていない場所だ。

「結乃花さん、本殿の手前にある幣殿で唯織君を待っていてくださいね。儀式は神の御前である幣殿で執り行ってもらいます。まもなく唯織君も来るでしょう。そこで夜明けまで儀式を行ってもらいます。夜が明けるまで、いかなることがあろうと、こちらに戻ってきてはなりませんよ」

「あ、はい……」

――もう儀式は始まっているのだ。

丁寧なのに、どことなく有無を言わさぬ春日の口調に、さらに緊張が高まる。すると、ぽんっと父の手が結乃花の肩に触れた。

「いっておいで。なに、唯織君に任せれば大丈夫だよ。きっと」

それもそうだ。

小さな頃から頼りがいのある兄として慕っていた唯織と一緒なら、結乃花がへまをしたところで、きっと上手く助けてくれることだろう。

でも彼は氏子総代《うじこそうだい》の家柄だから、仕方なく今回の役割を引き受けたに違いない。

唯織のことを思うと、心の奥にしまい込んだ恋情が再び溢れてしまいそうで胸の奥が疼《うず》きだす。

——ううん、だめ。今は思い出さないようにしよう。

これから夜明けまで二人で長い儀式を行うのだ。巫女として、こんなにふらついた気持ちで臨んではいけない。今は神様にささげる儀式のことだけに集中しよう。

春日も「そんなに心配しなくても大丈夫ですよ」と声を掛けてきた。秘儀の内容を知る春日が言うのだからさほど難しい儀式ではないのだろう。

結乃花は心を決めて頷《うなず》くと、本殿へと続く長い廊下をまっすぐに進んでいった。

「なんだかいつもと違って緊張する……」

長い渡り廊下の御簾をいくつかくぐり、結乃花はようやく幣殿に辿《たど》り着いた。

普段、祈祷を行う広い拝殿よりも一回り小さな幣殿は、灯りが一つしか灯されておらず、薄暗く静まり返っている。

中央には、四角く囲われた御几帳《みきちょう》があり、その中には平べったい白いものが床の上にうっすらと浮かび上がっていた。

いつもの儀式では見慣れぬ光景に、興味が湧く。

――なんだろう？　唯織《いお》くんが来る前にちょっとだけ見ても大丈夫だろうか？

そこに何があるのか気になって、几帳越しに中を覗いて唖然《あぜん》とする。

――え？　なにこれ？

「布団……？」

神を祀っている本殿のすぐ手前には、光沢を放つ真新しい絹の布団が、ぽつんと一組、敷かれている。

なぜ布団がここに？

夜通し儀式を行うため、疲れた時に横になって休むためのものだろうか。

それにしては、ご神体の目の前に置かれている。まるで、これこそが神に捧げる儀式のメインであるかのようだ。

結乃花が戸惑っていると、ふいに背後から声を掛けられて飛び上がりそうになる。

「結乃花、お待たせ」

「――ひゃっ」

幣殿の入り口から、結乃花と同じようにおろしたてと思われる白い絹の着物に、濃紺の袴を身に着けた長身の男性、――代々、この神社の氏子総代の家系である、久龍家の長男、唯織《いおり》が涼やかな空気を纏《まと》って入ってきた。

薄暗い幣殿に一人きりで心細かった結乃花は、少しばかりほっとして幼馴染の唯織の傍に駆け寄った。

「唯織《いお》くん、なんだかいつもの儀式と様子が違うみたい。なんでここに布団があるんだろうね……？」

「なんでって、これから二人で『移しの露《つゆ》』の儀式をするんだから当然だろう？」

唯織が結乃花を見下ろしながら意味深に微笑む。

数年ぶりに近くで見る唯織は、高校生の時よりも背がさらに高くなり、顔つきも精悍になってすっかり大人びていた。

その身体は着物を着ていても分かるほど引き締まって逞しくなっている。過ぎた年月の分、よりいっそう大人の魅力が増していた。

それでも優しい眼差しは昔と変わらない。なのに、その視線を蠱惑《こわく》的に感じて、結乃花は思わずドギマギして目を伏せる。

実を言えば結乃花は高校生の時に、唯織に盛大に失恋をした。儚く散った恋心は封印をしたはずなのに、その姿を目にしただけで胸の奥が妖しくざわめいてくる。

夜のせいかその声音も艶めいていた。唯織から漂う雰囲気が、余裕のある成熟した男の色香を纏っていて、未練がましく心がゆり動かされそうになる。

「結乃花、何も聞いてないの？　今夜の移しの露の儀式のこと」

「う、うん、春日さんからも、儀式の詳細は唯織《いお》くんに伝えているからって……」

今度は唯織が切れ長の目を少し見開いて驚いたような顔をした。

「……へぇ、でも、さすがに七神の御姫様《おひいさま》なら、泉の伝説ぐらい知ってるだろう？」

七神の御姫様とは、結乃花のことだった。この七神神社の一人娘である結乃花は、小さい頃は、近所の人や氏子さんたちに『七神の御姫様』と呼ばれていたが、さすがに大人になった今は、そう呼ぶ人は滅多にいない。

「もちろん、知ってるよ。七神の清らかなる玉ノ井に、一の龍の移しの露を注げば、再び泉の水が湧き上がるんでしょう？」

「その意味、分かって言ってる？」

「へ？」

なぜそんなことを言われるのか理解できずに彼の顔を見上げると、唯織は、はぁっと深い溜息を吐いた。

「……とりあえず、立ち話もなんだから布団の上に座ろうか」

「え、でも儀式はどうするの？」

「いいから」

強引に唯織に手を握られて、二人で布団の上に向かい合って座る。

これって、これって――。

まるで時代劇の初夜のようだ。結乃花は気恥ずかしくなってなるべく唯織から離れて座り、さらに正座をしたままじりじりと後ずさる。

　唯織は神の御前にもかかわらず、ゆるく胡坐《あぐら》をかいた。昔から人前では絶対に気安さを見せない唯織の砕けた姿に、男っぽさを感じて妙にどきりとする。

「あのさ、その伝説の言葉の意味、まず、『玉ノ井』ってなんだか分かる？」

「う、うん。泉のことでしょ？」

「そうだよ。泉。水が溢れる泉ね。じゃあ『一の龍』は？」

「えーと、うーん……。なんだろう？」

　上目づかいで申し訳なさそうにちらりと見上げると、唯織はやれやれという顔をした。

「龍というのは、代々、七神神社の氏子総代をしている久龍家のこと。つまり一の龍と言うのは、その家の嫡男、俺のこと」

　神様の御前にもかかわらず、結乃花は思わず両手を合わせて、ほぉ～と感心したように声をあげた。

　だから今夜、神職でもない唯織が儀式に加わることになったのか、と思って納得する。

「じゃあ、ここからが本題。『移しの露』ってなんだか知ってる？　七神神社の娘なら知っていて当然だと思っていたけど」

　うっと言葉に詰まる。お姫様から、いきなり娘に格下げになった。

「それは……知らない。あの、小さい頃、お父さんに訊いたことがあったんだけど……。でも、大きくなったら分かるよって……」

「で、大きくなって分かった？　ネットで検索したりしなかった？」

結乃花は、ぶんぶんと首を横に振った。

いつか誰かが教えてくれるだろうと思っていたし、そのうち興味も無くなったからだ。

「へぇ、俺はずっと考えていたけどね。それこそ、中学の頃から。伝説の『移しの露』の儀式について」

唯織の目がすっと細くなる。その瞳の奥がじわりと熱を帯び、結乃花の心の奥を覗き込んでいるようだ。

「結乃花、良く聞いて。『移しの露』と言うのはね、精液のこと」

「せー、えき？」

素直に聞き返した結乃花に、唯織は、ふ、と目を細めた。

「そ、精液。古い言葉で言えば、子種。『移しの露』とは精液の雅言《がげん》なんだよ」

「子種……、って、せ、せ、精液⁉　『移しの露』が⁉」

「そう。雅言っていうのは平安時代の雅《みやび》な言葉。移しの露、とは精液の優雅な表現なんだよ。それに玉ノ井、というのも女性が蜜を溢れさせる部分の隠語だな」

「せいっ、がっ……、いんっ、あのっ……」

結乃花はあまりに驚きすぎてうまく口が回らない。ばくばくと心臓が跳ねて、もはやパニック寸前になった。

「じゃぁ、じゃぁ、七神の玉ノ井に一の龍の移しの露を注ぐというのは……」

今更ながらに、このシチュエーションの意味に気が付いた。

神の御前に一組だけ鎮座する真っさらな絹の布団。

今夜、夜明けまで儀式を執り行うのは、私と唯織の二人だけ。

(すべて唯織くんお任せすれば大丈夫ですよ)

そう含み笑った春日さんの意味深な言葉……。

——まさかっ、まさか、まさかっ……。

「嘘でしょうっ⁉」

ようやく今夜の儀式で何が行われるかに気が付き、瞳をまん丸に開いた結乃花を見て、唯織はくすりと声を漏らした。

「結乃花は相変わらず無防備というか……。今の今まで知らされてなかったとは。春日さんも人が悪い」

「ほ、ほんとなの？　その移しの露が、せ、せぃ……」

唯織はちらりと結乃花を見ると、まるで祝詞でもあげるように和歌を詠み始めた。

「秋風に、孕《はら》むすすきのある野辺は、移しの露や色にまがへる……。平安時代にもちゃんと和歌に詠まれているよ。平安の貴族は、季節の移ろいを精液に例えるなんて、なんとも雅《みやび》なことだ」

唯織が苦笑する。

「な、なんでそんなマニアックな和歌を知ってるの？」

「中学の時、調べたから。伝説の意味が気になって。逆に自分の神社の伝説なのに、結乃花が知らなかったのに驚くけど」

「うっ……」

そう言われてしまえば、身もフタもない。

そもそも、結乃花は実家である神社で働こうとは思っていなかった。高校を卒業した後は、小さい頃から習っていたピアノを生かし、音楽教師を目指して地元の音大に入った。

だが、この就職難。免許はとったものの、倍率の高い教員採用試験はことごとく撃沈。まさかの就職浪人となり、結局、卒業後すぐに家業の神社を手伝うことになってしまったのだ。

「平安時代は、風流だよね。精液のことを『移しの露』なんて言っていたんだから」

「ふ、風流って。そんな、あの、もしかしてそういう、ふ、フリをするの？」

――そうだ。きっと夜明けまで、この幣殿で二人きりで過ごすことが、その儀式の代わりとなるのだろう。

本当に神様の御前でエッチするなんて、そんな不届きなことをしていいはずがない。真似事の儀式に違いない。

お願いだからそうだと言って、と眼差しに願いを籠めて唯織を見る。

「全国の神社には、公にされていない秘儀がたくさんある。特に性に関するものは意外と多いんだよ」

唯織は余裕を目に湛《たた》えて柔らかく微笑んだ。伸ばされた逞しい手が結乃花の頬をそっと包む。親密な仕草に結乃花はぴくりと反応した。

おふざけもここまでだよ、というように骨ばった指が結乃花の柔らかな頬を撫で下ろす。そのまま頤《おとがい》にひたりと指を添え、顎をそっと上向きにした。

互いに発する言葉はない。

甘い瞳で見下ろされ、心臓がこれ以上なくどきどきと高鳴りを増す。

まさか、こ、今夜、私は唯織と――？

「伝説にある七神の清らかな玉ノ井というのは、結乃花のこと。禁秘抄にはこう記されているそうだ。泉の水が枯れたとき、神の御前で七神の姫に、久龍家の一の龍の移しの露を注ぐ。つまり、結乃花の泉に俺の精液を注ぐ。それが今夜の儀式だよ」

かぁぁっと顔が一瞬にして熱くなる。

身体が火照り、胸がぎゅっと張りつめ上手く呼吸が出来ずに、はくはくと喘《あえ》ぐ。

二十五年の人生の中で、こんなにも驚いたのは初めてだった。

今夜、ここにいるのは結乃花の知っていた唯織とは思えない。

九年ぶりに再会した唯織は雰囲気ががらりと変わっている。

高校生の頃は、いつも穏やかで優しくて、頼りがいのある存在だった。それが今は、泉の祠《ほこら》に祀られている龍の化身さながらに、捕食動物のような危険極まりないオーラを立ち上らせている。

本能的に身の危険を感じた結乃花が、逃げるために立ち上がりかけたとき、唯織にぐいと引き戻され、いとも簡単に布団に組み敷かれた。

「——ひゃっん」

「どこにいくの？　結乃花」

「ほ、本当かどうか、春日さんに確かめに……」

すると唯織が喉を鳴らして、謎めいた薄笑いを見せた。

「ダメだよ、春日さんも言っていただろう？　夜明けまでここから出てはいけないと。もう儀式は始まっている。おじさんだって、今夜、この儀式で祝詞をあげるために、入院中にもかかわらず一時帰宅したんだろう？」

そうなのだ。

泉が枯れたことで心労がたたり、体調を崩した結乃花の父は入院してしまった。でも、斎主である宮司に祝詞をあげてもらわないと、儀式を始められない。入院中の父は、今夜の儀式を執り行うために、無理をいって一晩だけ帰宅を許可してもらったのだ。

「だ、だって、あの、儀式の内容を聞いてなかったし。それに、こっ、心と身体の準備が……」

唯織からなんとかすり抜けようともがくが、がっしりとした体軀《たいく》は一片の隙間もなく結乃花を囲みこんでいる。

「ふ、結乃花が儀式に合わせていつもピルを飲んでいることも知っているよ。神聖な儀式で血の穢《けが》れが来ないように」

結乃花はぐっと言葉に詰まる。唯織のいうとおりだった。巫女である結乃花は神事を行う時には生理とかち合わないようにピルを飲んでいた。もちろん、今夜の儀式にも合わせて婦人科の先生と相談しながら服用している。

母親しか知らないと思っていたのに、なんでそんなことまで知っているのだろう。

「結乃花はいや？　俺に抱かれるの」

吐息が吹きかかりそうなほど、ぐいと顔を近づけて見つめられた。その身体からは檜葉《ひば》のようなすっきりとした香りが漂っている。思わず懐かしさが込み上げて、切なく胸が疼きだす。

この香りが好きだった。いいえ、今も好き――。

唯織は昔から、魔除けとして使われる檜葉のような清廉《せいれん》な香りがした。

いまも変わらないその香りに、封印していた想いが解けて溢れそうになる。

「ん？　どうする？　結乃花。無理強いはしたくないから」

耳に心地よく響く甘い声。

顔をかしげた唯織の綺麗な前髪がさらりと揺れる。澄んだ黒い瑪瑙《めのう》のような瞳に見つめられて、瞬きもできずにその瞳を見つめ返した。

いまだに諦められずにいる自分の気持ちを全部見透かされてしまいそうで、たまらず視線を下げる。すると、今度はすっきりとした鼻梁の下の官能的な唇に目を奪われた。

「……っ」

神様は意地悪だ。

どうして唯織は十代の頃よりさらに素敵になって結乃花の前に現れたのだろう。

父親の会社を継ぎ、若き社長として活躍している唯織は、大人の男としての自信と魅力に溢《あふ》れている。

結乃花が答えられずに戸惑っていると、唯織は問い詰めるような眼差しを緩めて、穏やかに微笑んだ。

「大丈夫だよ。結乃花は何もしなくていい。俺はとっくに準備ができているからね。高校のときからずっと。いつか、もしかしたら迎えるかもしれない今夜のことを、何度も何度も考えていたんだから」

「こ、高校の時から？」

──そんなの嘘だ。だって唯織には高校生の時に、好きな人がいたのだから。夏祭りの宵宮祭《よいぐうさい》の夜、私との約束を破って唯織はあの女《ひと》と……。

結乃花は苦い味のする唾液を呑み込んだ。

「そ、高校の時から。いや中学の時からずっとかな。結乃花のことを思って一人エッチもずいぶんしたし」

落ち着き払った声音で衝撃的な言葉を吐きながら、唯織が結乃花の両の手首を絹の布団に縫い留めた。

結乃花は、かぁっと頬を染めながら絶句した。

――信じられない。

好きな人は別にいたけど、ひとりエッチのおかずは、身近で手軽な自分だったということ?

「ひ、酷い……」

「酷い? 酷いのはどっち? あの頃は無邪気な結乃花を見ているのが辛かった。でも、久龍家の俺ではダメだと言われていたから。――あのままじゃ、おかしくなりそうだったから。だから――」

「――え?」

次々と吐き出される言葉の意味が分からずに唯織を見上げると、熱の籠った眼差しの奥に、苦悩を滲《にじ》ませているような気がした。

「唯織《いお》くん?」

「はぁ……。も、限界。結乃花を抱きたい。結乃花を俺でいっぱいに満たしたい」

甘く妖艶な声が、祝詞のように弊殿の中に響き渡る。

どくん、どくんと打ち付ける自分の鼓動までも、儀式の始まりを告げる太鼓さながらに、部屋中に鳴り響いているようだった。

唯織は恍惚《こうこつ》とした笑みを浮かべ、結乃花の全身を愛でるように視線を降り注ぐ。たっぷりと、甘く。髪の毛一本さえ見逃すまいとするように。

「やっとこの日を迎えられた。だから逃がさないよ」

「ッ――」

とくん。

唯織の言葉に心臓が震えてしまう。

なぜそんな言葉を囁《ささや》くの？　氏子総代だから、この神社のために？

たとえ唯織が義務感から自分と一夜を共にするだけだとしても、私も唯織とそうなりたいのだろうか――？

あまりに驚きすぎて、どう言葉にしていいか分からない。

戸惑いが表情に現れていたのだろう。唯織は少し困った様子で結乃花の髪を優しく撫でた。

「怖がらないで。大丈夫だから、俺を信じて」

耳元で囁かれた声が痺れるように甘い。

熱を孕んだ危険な空気が、唯織から立ち上った気がした。

「……んっ」

唯織は、やや強引に結乃花を抱き込むように覆いかぶさってきた。檜葉の匂いに交じって、仄《ほの》かに動物的なオスの匂いが鼻を掠《かす》める。かつて知っていた唯織とは全く違う複雑な香りに、くらくらと眩暈《めまい》を覚えた。

「い、いおくん、近い――」

慌てて顔を背けると、うなじに触れた唯織の唇がちゅっと音を立てた。

「ひゃんっ」

「これぐらいで？　もっと近くなるのに。隙間などなくなるほど」

くすりと柔和な笑みを浮かべて、大きな手のひらでそっと結乃花の頰を包み込む。

「い、唯織《いお》くん、まっ――」

「ほんと、可愛いな」

頰に重ねられた手のひらから伝わってくる体温が思いのほか熱い。

「い、唯織《いお》くん、あのっ、私、経験ないし、そのっ、だからっ……」

「もちろん、知ってる。邪魔な虫がつかないようにずっと目を光らせていたからね」

「えっ？」

「し――っ、これ以上、煽らないで。俺もなんとか理性を保とうと抑えているんだから」

情欲のこもった唯織の双眸《そうぼう》に射抜かれる。

高校生の頃の、いつも冷静で穏やかだった唯織とは違う。結乃花の知らない、淫猥《いんわい》な表情を浮かべていた。

今にも結乃花を丸ごと捕食してしまいそうな妖しげなオーラを放っている。

「結乃花……」

眩《まぶ》しそうに僅かに目を細めたのも一瞬で、唯織が艶《つや》やかに微笑んだ。

頰をすっぽりと包んでいる大きな手にわずかに力が加わり、小さな唇に吐息が吹きかか

る。

結乃花は端正な顔が近づくのを、まるでスローモーションでも見ているかのように呆然と見上げていた。

(結乃花の泉に、俺の精液を注ぐ。それが今夜の儀式だよ)

――今夜、私は、ほんとうに、唯織と……？

「んっ……」

その瞬間、柔らかで熱い感触に唇を塞がれ、頭の中が真っ白になった――。

第壱章　甘い神酒の味

――ちょうど三か月前のことだった。

朝の掃除を終え、朝拝《ちょうはい》で心身を清めた結乃花は、宮司である父とともに、母が用意してくれた朝ご飯の席についていた。

今朝は好物の銀鱈《ぎんだら》の西京焼きに玉子焼き、ほうれん草のお浸し、大根おろしとなめこの和え物、豆腐とふのりの味噌汁だ。玉子焼きだけは自分で作った甘さのある玉子焼きだ。これを食べないと、一日が始まらない。

「いただきます」

いつもと変わらない穏やかな日常の始まり。そんな家族団らんの場に、七神神社の氏子総代である久龍貴織《たかおり》が血相を変えて飛び込んできた。

「宮司！　結乃花ちゃん、大変だっ！」

「久龍のおじ様？　そんなに慌てていったいどうしたの？」

久龍家は千年の昔からあるといわれる家柄で、七神神社の創建から陰になり日向になって代々、この神社を支えてきた由緒ある家だ。

資金面からも神社をバックアップする氏子総代は、財力も必要とされるが、まさに九龍家は、七神神社に隣接した敷地に広い屋敷があり、手広く不動産業を営んでいる地元の名士でもある。なおかつ結乃花の父親と久龍貴織は親友同士でもあった。

「おいおい、久龍、どうしたんだ？　朝からそんなに慌てて」

「悠長に朝飯を食べている場合じゃないぞ、泉が大変なことになってる！」

「なんだって⁉」

結乃花たちは慌てて、久龍の後について神社の裏手にある杜《もり》に向かう。いつもは青く澄んだ水を湛えていた泉が、なんと、からからに乾いて干上がっていた。

深い所では水深が一メートルもあるという泉の底の岩が剝き出しになっている。

「なんということだ……」

「嘘でしょう……」

数百年もの間、絶え間なく水を溢れさせていた泉の水が急に枯れるなんて、なにか不吉なことの前兆なのだろうか。

結乃花も父も絶句したまま呆然と立ち竦《すく》む。

この泉から溢れる水は、ご神水として七神神社の神事に使用していた大切な水だ。透き透った青く輝く泉をたまたま参拝者がＳＮＳに投稿したところ、「青い泉」とか「美しすぎる泉」として注目され有名になった。

さらに泉から湧き出る神水を飲むと良縁に恵まれるとクチコミで広がり、縁結びにご利《り》益《やく》のある神社として、全国から多くの参拝者が訪れるほど人気となっていた。

神社創建の時から一千年以上、滾々《こんこん》と湧き出していた泉が枯れてしまったことに、結乃花は大きなショックを受けてしまう。

「いつものように、会社に出かける前に泉の祠にお参りに来たんだよ。そうしたらこんなことに」

この泉の淵には、古くから龍を祀った石祠《せきし》があり、その龍神は久龍家のご先祖様なのだとも言い伝えられている。

そのため久龍は、毎朝、石祠にお参りをするのが日課となっていた。

「昨日の夜に見たときには、いつもと変わりなかったのになぜだ……」

「もしかしたら地震の前兆かもしれないぞ。それに二、三日たてばまた湧き出るかもしれん。数日間様子を見よう」

ふたりは頷き合うと、氏子総代である久龍が社務所にいるスタッフに指示して、この事実が公にならないよう、泉に続く杜に立ち入り禁止のテープが張られることになった。

だが、遠方からお参りに来た参拝者が無断で入り、干上がった泉をＳＮＳにアップしたことでその事実が公になってしまう。神社のご利益がなくなった、神様の祟りだなどという、心ない噂とともに拡散されてしまったのだ。

それだけではない。泉のことで頭を悩ませていた結乃花たちに、不運が続く。

悪い噂が拡散されたことで、結婚式の予約はことごとくキャンセルになり、参拝者が激減してしまったのだ。

さらにとんでもない事件も起こる。ある日の夕方、結乃花がお賽銭を回収しにいくと賽銭箱が壊されており、大事な賽銭が盗まれていた。

その一月後《ひとつきご》には、敷地内にある樹齢千二百年といわれるご神木が、害虫に食われているのが発覚した。

「定期的に樹木医に診てもらっていたのに何でこんなことに……」

「先月の長雨が原因かもしれないぞ」

声を落とす結乃花の父に、久龍が幹の内部を懐中電灯で照らしながらそう答える。

全く、不運としかいいようがない。

今年の梅雨はこのあたり一帯が、数十年ぶりの長雨となった。老朽化していたご神木にとっては、致命的なダメージになったのだろう。

根元の幹の割れ目から中を覗くと、内部の半分近くが虫に喰われているようだった。外から見ただけでは、全く分からない。

泉が枯れたことで、結乃花の父や久龍が、神社に異変がないか総点検を行って分かったことだった。

「もしかしたら泉が枯れたのも、ご神木が病気になっていたせいかもしれないな。もしご神木を伐採することになれば私のせいだ。長雨の後、すぐに樹木医を呼んでいれば、こんなことには……」

結乃花の父が、声を震わせながらがっくりと肩を落とす。

「七神、そう気落ちするな。それにまだ諦めるには早い。腕のいい樹木医を知っている。明日にでも、その樹木医に診てもらおう」

「ああ、そうだな。すぐに電話しよう」

親友らしく久龍が結乃花の父を励ますように声を掛け、二人は社務所に向かって歩きだした。結乃花もご神木に触れて、私も気が付かなくてごめんなさい……と心の中でお詫びする。

倒木の危険が出て伐採されることになったら、また騒がれてしまう。

なにより、このご神木にはたくさんの想い出がある。

小さい頃、久龍の息子であり、年上の幼馴染の唯織やその弟である十織《とおる》と、よくかくれんぼをして遊んでいたのだ。

今は交流も無くなり、遠い人となった唯織との思い出の詰まったご神木がなくなってしまうのは悲しい。

——どうかどうか、治りますように……。

そうお祈りしていると、すぐ背後で久龍の驚いた声が響く。

「おい、七神！　大丈夫か！」

振り返った結乃花の視界に飛び込んだのは、地面に膝をついてしゃがみ込んでいる父親の姿だった。慌てて駆け寄ると、顔面蒼白でみぞおちを押さえながら呻《うめ》いている。

「お、お父さん！　お父さんっ！」

「だ、だいじょうぶだ……。なんでもない。じゅ、樹木医に電話を……」

「なんでもないわけないじゃない！　どこが痛むの？　苦しい？」

だが父は額に脂汗を滲ませて返事もできないようだ。

「結乃花ちゃん、社務所に行って救急車に電話してくる。お母さんも呼んでくるから、お父さんを頼んだぞ！」

久龍が社務所に向かって走り出すと、すぐに母と社務所にいたスタッフが飛んできた。ほどなく救急車も到着して結乃花の父を慌ただしく病院へと搬送していった。

「市立病院に行くそうだ。おじさんも行ってくるから、詳しいことが分かるまで、結乃花ちゃんは家で待ってて。なぁに、大丈夫さ。ちょっと疲れが出たんだろう」

青白い顔の結乃花を安心させるように久龍が微笑んで見せる。

「はい、久龍のおじ様、すみません……」

災難続きの七神神社に、とうとう深刻な事態が起こってしまった。

まさか、父親にまで不運が降りかかるとは。

涙で目の前が霞みそうな結乃花の頭を久龍がくしゃっと撫《な》でる。

「神様に仕える巫女さんが泣いていたらダメだよ。きっと大丈夫だから。何か分かったらすぐに連絡する」

――そうだ。おじ様の言うとおりだ。

結乃花はぱちぱちと瞬きをして、しゃんと背筋を伸ばしてから深く頭を下げた。

「はい、申し訳ありません。お世話になります」

「うん、じゃ、社務所の人たちにも色々今後のことを伝えてくるよ」

氏子総代でもあるため、緊急時には久龍が社務所を仕切ってくれるからありがたい。

「お父さんが無事でありますように……」

改めて神様にお祈りしたが、母親からの電話を受け不安で胸を塞がれる。

検査と治療のために、当面、父が入院することになったそうだ。そのため、着替えを用意して、氏子総代の久龍に渡してほしいということだった。

「お母さん、お父さんは病気なの……？」

「ううん、まだ検査の結果が出なくてよく分からないの。後で久龍さんがお父さんの着替えを取りに行ったときに話してくれるように頼んでおくね。あ、先生から呼ばれたみたい。じゃあね」

慌ただしく電話を切られ、余計に心配が募る。

まんじりともせず待っていると、夜遅くになってインターホンが鳴った。

「こんばんは、久龍です」

「――はい？」

結乃花は急いでインターホンに応対するが、違和感を覚えてドキッとした。

いつもの久龍のおじ様の声じゃない。

だが、どこか聞き覚えのある声音。落ち着いた滑らかな響き。

僅かに胸を高鳴らせながら小走りになって玄関に向かうと、広い土間に立っていたのは、見違えるほど素敵な大人の男性になった唯織だった。

あまりにも突然のことに息をするのも忘れて立ち竦む。

——なぜ、唯織がここに？

唯織と合うのは、ほぼ九年ぶりだ。高校生の時に結乃花が恋情を告白しようとしたものの、迷惑だと言われて話も聞いてもらえなかった。それ以来、唯織《いおり》とはずっとぎくしゃくしたままだ。

すぐに東京の大学へ進学した唯織とは、もう九年も連絡を取り合っていない。

目の前の唯織は、高校生の頃より背が伸び、全体に筋肉がついて精悍な雰囲気を纏っていた。長い手足を包んでいるのは、一目でオーダーメイドと分かる仕立ての良いスリーピース。上品な光沢を放つジャケットの袖口からは、男らしい筋の浮かぶ手首が覗いており、高級そうな腕時計を嵌めていた。

まるで俳優かモデルと見まごうほど、魅力的になっている。

もともと同級生の男の子と比べても群を抜いて素敵だったのだが、都会の水でより洗練されたようだ。

そういえば去年、たまたま実家に帰省していた唯織を見かけた友人が、めちゃくちゃかっこよくなっていたよ！　と興奮気味に結乃花に伝えてきたのは本当だったらしい。

大学卒業後は一流の企業に就職し、社会経験を積んだ余裕からくる大人の男の雰囲気が、よりいっそう唯織の魅力を引き立てていた。

心臓が、とくとくとせわしなく鳴り出す。

結乃花が淡い恋をした幼馴染の男の子とは違う。

まごうことなき大人の、結乃花の知らない男の人だ。

「──結乃花？」

心配そうに近づいてくる唯織から、忘れかけていた檜葉の香りがすぅっと立ちのぼった。

──この香り。昔のままの唯織《いお》くんの香りだ……。

九年ぶりに再会し、まるで知らない人のように見えた唯織だったが、昔と変わらない香りを嗅いで、胸がこれまで感じたことのない甘い疼きに満たされる。

「結乃《ゆの》、大丈夫か？」

唯織は、二人の間に何事もなかったような顔で、結乃花の顔を覗き込む。

やや切れ長の目尻を緩く下げて、優し気に細める癖も昔のままだ。

柔らかな双眸に見つめられ、息をするのも忘れてしまいそうになる。

──ああ、同じ人に何度も恋をすることはあるのだろうか。

だとしたら、結乃花は今また、唯織に恋に落ちている。

これが現実とは思えなくて、結乃花は声も出せずに玄関に突っ立ったまま、ただ呆然と唯織を見つめ返した。

神社の泉に起こった異変やトラブル、父が突然倒れたこと、そして、九年間会うことのなかった唯織との思わぬ再会。

ここ最近、立て続けに起こった予期せぬ出来事に、心が揺れ乱れて、なんて言葉を発していいかよく分からない。どういうわけか目頭に熱いものが込み上げてきた。気が付くと、いつの間にか瞳から涙がほろほろと零れだしていた。

「い、唯織《いお》くん……」

「結乃……、大丈夫、大丈夫だから」

急いで玄関を上がって近づいてきた唯織がそっと結乃花を引き寄せて、ふわりと包《くる》む。

想像よりもはるかに広い胸板。背中に回された両腕は力強くて、唯織が少年とは違う成熟した男性になったのだと改めて実感する。

頬に触れたジャケットを伝って感じる逞しい身体に、自分はずっとこんな風に唯織に包まれたかったのだなと胸に熱いものが込み上げた。

唯織の彼女も同じように抱かれているのだろうか。

ふいにもやもやした感情が湧き上がり、結乃花は身を強ばらせて唐突に唯織から体を離した。

「――結乃？」

「ご、ごめんなさい。色々あって……。でも、唯織《いお》くん、久しぶり……だね。どうしてここに？　お仕事は？」

結乃花は平静を保とうとして、ぎこちない笑みを向けた。

「ああ、たまたま出張で隣街に来ていたんだ。父さんから連絡があって、仕事の後、急いで病院に行って事情は聞いたよ。結乃花のお母さんからの伝言を預かっている。おじさんとも少し話したよ」

「そうだったの。あの、お仕事で来ていたのに申し訳ありません。ご迷惑をおかけして……」

するど唯織がなぜか気分を害したような、むっとした表情を浮かべた。

何か気に障ることでも言ってしまったのだろうか……。

「──結乃花、俺たちは幼馴染なんだから大変な時ぐらい気を遣うな」

グイっと手を引かれて、勝手知ったる我が家のようにリビングへと連れて行かれる。

ソファーに座らされ、向かいに唯織も腰を下ろした。

「結乃花も分かっているだろう。七神家と久龍家は親戚のようなものだ。だから畏《かしこ》まって謝る必要なんてない。特に俺には」

俺にはってどういう意味だろう……。

それでも唯織の勢いに圧倒されてこくんと頷くと、その瞳が柔らかくなった。

「それで、結乃花のお父さんの容体なんだけど……」

「あ、はい。どうだったの……？」

「うん、点滴を打ったら痛みが治まって安定してきたようだよ。大丈夫、命には別状はないそうだ」

「よ、よかった……」

結乃花の身体から、緊張の糸が切れたように力が抜ける。父の容体を心配し、自分でも気付かないうちに身体が強張《こわば》っていたようだ。

ほっとしたらまた少し涙が滲んできた。普段は泣き虫でもないのに、今は心が弱っているのかもしれない。

「——だけど急性胃炎と胃潰瘍を併発していて当分の間、入院するそうだ。幸い、付き添い用のベッドのある個室に入院しているから、結乃花のお母さんも、今夜は病院に泊まると結乃花に伝えて欲しいって」

「そうですか……」

父にはゆっくり休んで、病気をしっかり治してほしい。だけど神社のことも気がかりだ。ご祈祷は当面お休みするとしても、要《かなめ》になる人が不在で乗り切れるのだろうか……。

「それでね、結乃花。今後の話があるんだけど」

「……は、はい」

「まず神社のことだけど、今日、父さんが神社本庁に宮司が入院したことを連絡したら臨時で代理の権宮司《ごんぐうじ》を派遣してくれることになった」

「本当に⁉　ああ、よかった……。おじ様にもお礼を言わないと……」

「とはいえ、代理をよこしてくれるといっても、結乃花のお母さんはおじさんに付ききりになるだろうし、結乃花も何かと大変だろう。だから、当面、父さんが日中も社務所に詰めることになった」

「でも、おじ様の会社は？」

もちろん、父が不在の間、氏子総代である唯織の父が社務所に詰めていてくれるのであれば心強い。毎月のように大なり小なりの神事があるのだ。それ以外に御祈祷もある。

でも、久龍家はいくつものビルや商業施設を有する久龍グループとして県内でも有数の企業の家柄だ。社長ともなれば、毎日多忙なはず。

「ああ、だから父さんは比較的時間に融通がきく会長職になって、代表取締役は俺が引き継ぐことにした。役員会を招集すればすぐに決まる」

「そんなっ、だ、ダメよ！　うちの神社のためにそんなこと……」

結乃花は慌てて唯織の言葉を遮った。

「いや、結乃花は知らなかったかもしれないけど、今回の事とは関係なく、前々からそのつもりで準備を進めていたんだよ。そもそも俺は久龍グループを引き継ぐことを見据えて、東京の大手企業に期限付きで出向していたんだ。父さんからも、そろそろ戻ってきて代表取締役に就任してくれと言われていたから何の問題もない。弟の十織《とおる》は専務として既に働いているしね。それに昔から久龍家は七神神社を守るためにあるんだよ。それが久龍家に代々伝わる使命なんだ」

「そんな……」

唯織は誠実だから、それが久龍家のしきたりだと言われれば義務を果たす人だ。

でも、唯織自身はどうなのだろう。東京には恋人もいるのではないだろうか。

「だから、心配しなくていいよ」

ぽんっと妹にするように頭を撫でられて、ああ、そうか、唯織にとって自分は家族のようなものなのだと思い知らされる。

十織と同い年である自分は、唯織にとってはただの妹にすぎないのだろう。

結乃花と十織、そして二つ年上の唯織とは幼馴染同士で、三人は本当の兄妹のように育った。結乃花にとっても唯織は、ずっと兄のような存在だった。

頼りがいがあって、優しい兄。

思春期になって、唯織を慕う気持ちが恋に変わるのは自然なことだった。

学校でも人目を引く存在である唯織が、自分にだけ特別な優しい眼差しを向けてくれている。結乃花はそれが嬉しかった。女友達も、クールな唯織が結乃花にだけは甘いと悔しがった。

だから、自惚《うぬぼ》れてしまったのだ。

もしかしたら唯織も、妹とは違う特別な感情を自分に抱いてくれているのではないかと。

優越感に浸っていた自分に罰《バチ》が当たるのは至極当然のことだった。あの時の自分を思い出すたびに、苦い思いに胸が灼《や》け焦《こ》げてしまいそうになる。

結乃花の驕《おご》りが打ち砕かれたのは、高校一年生の夏のことだった。

七神神社では年に一度の大きなお祭りである例大祭が開かれていた。

毎年、例大祭の前日の宵宮《よいみや》には、町内会の子供たちが境内にある神楽殿《かぐらでん》で舞を披露する。

日中は小学生の子どもたちが、夜は中高生たちが男女のペアになって舞を奉納する習わしだった。結乃花も中学生になった時から、毎年のように唯織とペアを組んで舞を披露していたのだが、その年は結乃花にとっては特別なものだった。

当時、唯織は高校三年生。

夜の舞を一緒に舞うのも、その年が最後だった。高校を卒業すれば、唯織は大学進学のために上京してしまう。生まれたときから、当たり前のように側にいた唯織がいなくなる。

そう考えたとき、結乃花はこれがただ、兄を慕うような気持ではなく、ずっと唯織が好きだったことに気が付いた。

――唯織《いお》くんが好き。

一度、好き、という気持ちに気付いてしまったからには、なにもないようには振る舞えなかった。唯織を意識するだけで、甘い気持ちが湧き上がってくる。

結乃花、と呼ぶ時の低くて落ち着きのある声が好き。ふっと笑った時に柔らかく揺れる瞳が好き。骨ばっているのにしなやかな長い指も好き。

少しでも長く唯織を見ていたい。いつも一緒にいたい。

そしてキスしてほしい……。

結乃花の小さな胸は、たちまち唯織への恋心でいっぱいになる。

十六歳という若さゆえに、唯織のことしか見えていなかった。女友達からも唯織は結乃花ばかり見ていると言われて有頂天になった。

唯織《いお》くんも、もしかして私に好意を持っている？

不確かな期待に胸を膨らませ、結乃花は無謀にも唯織に自分の気持ちを伝えようと心に決めた。

――俺も結乃花のことが好きだよ。

明るく笑いながらそう言ってくれることを願って。

二人で最後の舞を舞った後に告白しよう。

そう決めて、練習の後に着替えて帰り支度を始めた唯織を引き留めた。

怖気付いてしまいそうになる気持ちを抑え、勇気を振り絞って口を開く。

「い、唯織《いお》くん。明日、どうしても伝えたいことがあるの。ふ、ふたりきりで。夜の舞の後……、着替えた後に神楽殿で待っていてくれる？」

結乃花は真っ赤になって唯織にそう伝えた。

制服のスカートを握った手も震えている。誰がどう見ても分かりやすかったのだろう。

高校に入ってから、学校でもいつも唯織を目で追いかけていた。廊下ですれ違ったときに漂う唯織の香りに心は甘くときめいてうっとりした。

その後姿にさえぽうっと見惚れていると、結乃花の視線を感じたのか、唯織が振り返って切れ長の目を少し細めて微笑んでくれる。すると、キューピッドの矢で射抜かれたように心臓がばくんと跳ねた。

天にも昇りそうな気持ち、というのを生まれて初めて知ったのはこの時だ。

唯織の弟で、同じ久龍家の十織とは同級生なこともあり、そんな感情はちっとも湧いてこない。だけど唯織にだけは違っていた。

——好き。

未熟な心は感情をセーブできず、全身から好きな気持ちが溢れすぎていた。唯織にもこの恋心をとっくに気付かれていると分かっていた。

彼は学校でも女子たちの憧れの的で、時々、告白されては断っているようだった。でも、自分は他の女の子たちとは違う。幼馴染という特別な存在の自分を無碍《むげ》に断ったりしないだろう。

心のどこかでそんな驕《おご》りがあった。くすっと笑いながら、いいよ、明日ね、って言ってくれると信じて疑わなかった。

——だから。余計に唯織から吐き出された言葉にショックを受けた。

「悪い。俺、結乃花とそういうの考えてないから、迷惑——」

感情の入っていない冷たい声が耳に響く。

唯織の言葉の意味が分からず、しばし呆然と立ち尽くす。

はっとして顔をあげたときには、すでに唯織は立ち去った後だった。絶望という言葉の意味も初めて知ることになる。

私は、なんて愚かにも自惚れていたのだろう。

唯織にとっては、他の女の子と同様、好きでもない自分に好意を寄せられるのは迷惑だったのだ。ただ幼馴染の優しさから、無謀にも結乃花が告白するまでは、それを表に出さなかっただけ。

結局、唯織は宵宮祭の舞にも現れなかった。

代わりに現れた十織に、兄貴から舞を代われと言われたと聞いて、それほど嫌がられていたのかとショックを受けた。

どうやって着替えて神楽殿に上がったのかさえも覚えていない。

ただ舞台から祭りの人ごみを見下ろすと、ひと際背の高い唯織が浴衣姿で歩いているのが見えた。その隣には、学校でも美人で才媛だと評判の先輩が可愛い浴衣に身を包み、二人は楽しそうに並んで立っていた。

――初めての恋。初めての失恋。

結乃花は涙で滲む祭りの景色を視界の端に留めながら、ただひたすら、手足を動かし舞を舞うことしかできなかった。

「――結乃花、どうした？　大丈夫か？」

俯いて押し黙ってしまった結乃花を見て、唯織が怪訝《けげん》そうに声を掛けた。

「えっ？　あ、う、うんっ」

結乃花は、はっとして顔をあげた。

九年間もの間、心の奥に封印していたあの夏祭りの夜が、まるで昨日の出来事のようにフラッシュバックした。

あの日を境に唯織はよそよそしくなり、別れの挨拶もできないまま上京してしまったのだ。それ以降、ほとんど地元には戻ってこなかった。

まるで私のことを避けているかのように。

――ううん、それもきっと思い過ごし。

唯織にとっては、私はただの幼馴染にしか過ぎないのだから。

それに、今、唯織は都会の生活に馴染んでいる。有名大学を卒業し、久龍グループを率いることを見据えて、国内でも有名なビルをいくつも所有する一流企業に就職し研鑽《けんさん》を積んでいる。

もう結乃花の知っている唯織じゃない。九年の間に別人へと変わったのだ。

昔のように一方的に不埒な想いを抱いて迷惑をかけてはいけない。

二度と同じ轍《てつ》を踏んではいけないのだ。

「結乃花も大変だろうけど、久龍家《うち》が支えるから心配しなくていいよ。俺も今の会社の引継ぎが終わったらすぐにこっちに戻ってくるから」

そう優しい言葉を掛けてくる唯織の本心は分からない。ただ結乃花に好きという感情を抱いていないことだけは分かる。

報われない期待を抱いて、もう二度と惨めな思いはしたくない。

疎遠だった唯織とも、これがきっかけで、また元の幼馴染に戻れるかもしれないのだ。

高望みをしてはいけない。

「うん、ありがとう唯織《いお》くん」

結乃花は泣きたい感情を抑えて精一杯に微笑んだ。

☆

父が倒れて入院してから二週間ほどが経った。

唯織はすぐにこっちに戻ってくるよ、と結乃花に言い残したものの、そう簡単にことは進まないのではと内心思っていた。有能な唯織を東京の会社が引き留めにかかっていると、十織に聞いたからだ。

――それだけじゃない。なにより、もし東京に彼女がいるなら、遠距離恋愛になってしまう。別れがたい想いに彼女もきっと引き留めるだろう。ひょっとしたら唯織の気持ちも変わるかもしれない。

あんなに素敵な唯織だもの。お付き合いしている彼女がいないわけがない。

自分がもし唯織の彼女だったら、絶対に行かないでほしいと言うに決まっている。彼女にそう言われれば、唯織だって躊躇《ためら》うだろう。

結乃花はそう考えていたのだが、予想に反して、意外にも唯織はあっさりと帰ってきた。もともと期限付きで入社したからいいんだよと、唯織自身は、なんの未練もないようだ。

実家に戻ってからは、すぐに父親の跡を継いで代表取締役社長に就任した。地元の新聞や経済誌でも若きリーダーとして一斉に取り上げられた。

それだけではなく、唯織は七神神社の氏子総代も父親から引き継いだのだ。

今夜は、そのお披露目も兼ねて神社の氏子総会が開かれている。もちろん、総代の唯織が会を取り仕切り、集まった氏子さん達に就任の挨拶を述べたところだった。

「どうしたの？　結乃花？　呆けた顔をしているよ。疲れてる？」

「あ、ううんっ、大丈夫。ありがとう」

慌てて唯織から視線をはずして、湯呑みにお茶を淹れる。唯織が地元に戻ってきたということが信じられなくて、つい、じっと見入ってしまった。

二週間ぶりの唯織もやっぱり素敵だった。

仕事の後、真っすぐに神社に来たのだろう。

外国製のオーダーメイドらしきスーツは唯織によく似合っていた。高校生の頃より少しだけ伸ばした髪も、大人の男らしい落ち着いた印象を受ける。

年月が過ぎても、自分はいまだ高校生の気持ちを抱えたままなのに、唯織だけが手の届かない人になってしまったようで一抹の寂しさを感じてしまう。

唯織を見ていると、あの頃のように自分では制御できない切ない思いが込み上げて胸が一杯になる。気を緩めた途端、心が磁石のように唯織に惹きつけられてしまうのだ。

——だめだ。なんて情けないの。

結乃花は必死にあの夏の惨めな記憶を手繰り寄せた。

叶わぬ思いが息を吹き返さないよう、唯織の言葉をお祓いの祝詞のように心の中で唱えて自分を戒める。

私は唯織《いお》くんに振られたのだ。彼にとって迷惑な存在でしかない。

——うん、平常心、平常心。

そう気を取り直しても、唯織に話しかけられるたびに、どぎまぎして危うく湯呑みを倒しそうになった。

一方で、当の本人は結乃花が告白しようとしたことなど全く覚えていないようだ。自分が不在の間、元気にしていた？　と何気ない調子で気さくに話しかけてくる。

それが酷くショックでもあった。唯織にとっては、すり寄ってきた子犬をちょっと振り払ったぐらいのことなのだ。

でももう、終わったこと。幼馴染でも、今は互いに成人した社会人だ。なんといっても氏子総代とただの巫女という関係でしかない。それ以上距離が近づくことは絶対にありえない。

この時までは、そう思っていたのだが——。

☆

神の御前にある幣殿は、夜の空気がいっそう色濃くなっていた。

結乃花は布団の上に横たえられ、あろうことか今まさに唯織に組み敷かれている。

どういう心境の変化なのか、今宵、唯織は七神神社の窮地を救うために、結乃花と秘密の儀式を執り行おうとしている。

氏子総代である久龍家の義務感からなのか。

見上げれば、唯織は獲物を捕獲した猟犬のように満足げな笑みを浮かべていた。

「考え事とは、ずいぶん、余裕があるようだね」

「……ち、ちが、んっ」

唯織が唇で、耳朶から首筋を辿《たど》りながら囁いた。親密な触れあいに、一瞬で身体中がぞくぞくと粟立ち、声にならない小さな悲鳴を上げた。

結乃花の未熟な肢体は、唯織から放たれた熱に過剰に反応してしまう。

「今夜の儀式は、僕たち二人にしかできない伝説の神事だ。この神社のために、いやでも途中で止《や》めたりなんかはできないいんだよ」

切れ長の目をすっと細めると、納得させるように結乃花の唇を塞いで押し黙らせた。

その強引さに心臓が怖いほどとくとくと高鳴りを増す。

ちゅうっ……という水音が耳に響いたときには、思いのほか弾力のある舌が差し込まれ、結乃花の小さな舌を絡めとっていた。

「ふっ……んっ」

「いい声」

高校生の頃に思い描いていた淡いキスとはまるで違う。男女の交わりを予感させるように艶めかしく舌が絡みついてくる。

戸惑う結乃花とは違って、唯織は結乃花の反応をみて加減するほどの余裕があるようだ。自分に馴染ませるようにゆっくりと舌を交わらせてから、歯列を甘くなぞってくる。

初めて覚えるゾクゾクした感覚に全身から力が抜けてしまう。湧き出た唾液をご褒美のように啜り上げられ、いっそう身体が熱くなる。

「……あ、んッ、んぁ……ッ」

恋焦がれた唯織とのキスは甘美だ。

結乃花……、と低い美声で囁き、艶めかしい水音を立てて唇の奥で舌が織り重ねられる。体温が急激に上がり、熱に浮かされたように思考がふわふわして心もとない。

唯織にとっては、氏子総代としての致し方ない儀式のはずだ。それなのに、なんでこんなにも濃蜜で、可愛がるようにキスをしてくれるのだろう。

「唯織《いお》く……、んっ」

「ん？　いい子。上手だよ」

くすりと笑む唯織の顔を見たら愛おしさがツンと鼻を突き上げた。肌に降りかかる吐息は熱くて、触れたところから蕩けてしまいそうだ。

やっぱり今も、唯織のことがこんなにも好きなのだ。

どうしようもないほど好きな気持ちが溢れ、自分から唯織の首に縋りついて、求められるままにキスを返したい。でも結乃花は、その衝動にかろうじて耐えた。

あの夏の日に学習したのだ。期待した分だけ、絶望も大きいということを。

結乃花にとってこれが生まれて初めての深いキスだということを、唯織は知らないだろう。

自分も人並みに、大学生の時に合コンに参加したことがあった。その時に好意を寄せられた男の子と付き合い、軽いキスは経験したが、どうしても深い関係にはなれなかった。なぜなら、初めて自分を捧げる人は唯織しかいないと、心の中でずっと誓っていたのだ。

それは永遠に叶わないことだと分かっていたはずなのに。

口づけの合間に耳朶を食まれ、また口づけされる。鼻から抜ける声が淫らなものに変わり、甘さを孕んだ濃厚なキスに熔かされ、手足から力が抜けていく。

ずっと恋焦がれた人だからこんなにも感じてしまうのだろうか。

「結乃花、儀式では番《つがい》のように愛し合わないといけないそうだ。深く愛し合えば、それだけ神様も力を取り戻すらしい。この儀式の間、結乃花を俺の番だと思ってたっぷり愛してあげるから」

――ああ。

唯織から発せられた禁断の言葉が、まるで甘い毒のように結乃花の体内に浸潤《しんじゅん》する。

――たっぷり愛してあげるから。

ずっと求めてやまなかった言葉に、結乃花が必死に守っていた心の封印が解かれてしまう。

これが今夜だけでも生涯に一度でもいい。ただの儀式でも構わない。どうせ抱かれるなら、唯織にたっぷりと愛されてみたい。

結乃花は自ら唯織の首に縋るように手を回した。受け身だった口づけから、唯織の動きに呼応するように自分から舌を絡めていく。

「ふっ……んっ、いおくん、唯織《いお》くん……」

「……まるで甘い神酒《みき》だな。結乃花、舌を伸ばしてごらん」

言われるままに舌をそっと出すと、すぐに唯織の舌先が重なった。

触れそうで触れない唇の間で、じゃれ合うように舌が絡められる。互いを愛でるように、なんども何度も、ぬるぬると擦《こす》り合わせていく。

「ん、いい子……」

こんなの反則だ……。

ちっちゃな頃、いい子だね、とよく頭を撫でてくれた唯織。

それが今はこうして、淫らな行為でいい子だね、と伝えてくる。舌の感覚が麻痺しそうなほど濃厚に愛撫《あいぶ》され、眩暈がする。

結乃花は敷布団の上で絡められた手をぎゅっと握り返した。

唯織の全身からは滴るほどの性的な魅力が溢れ、摑まっていないと溺れてしまいそうになる。

「結乃の舌、小さくてやわらかい。可愛い……」

知らなかった大人の官能的なキスにのめり込んでしまう。神様の前だからか、よけいに二人がしている行為が背徳的に思えてくる。

「んっ……、あんッ、んぅ……」

深く唇を吸い上げられるたびに腰をしならせると、唯織の端正な顔が嬉し気に歪《ゆが》み、得体のしれない危険な色を帯びた気がした。

結乃花の両の手は拘束されるように、しっかりと唯織に握り込まれている。傍から見れば、小動物が逃げ場もなく捕獲されているようなものだが、肝心の結乃花はそのことに気付いていない。

唯織の味のする唾液をたっぷりと流し込まれ、念入りに咥内を愛撫され、唯織に馴染むように造り変えられている。味覚、嗅覚、触覚……、性に未熟な五感すべてが、すっかり唯織の虜になっていた。

大好きだった唯織とキスをしているというのに、それでも心の中では、迷惑に思われているのではないかという不安が頭をもたげてくる。

そんな物憂いも、温かな咥内で泳ぐように動く唯織の舌に翻弄され、一瞬で快感に塗り替えられた。

唯織が好き。

訳が分からなくなるまでキスに溺れていたい。

「ふ……っ、唯織《いお》く……、唯織《いお》……、んっ」

「結乃……、よしよし、大丈夫だよ」

宥めるような声に反して、唯織は結乃花を貪った。舌先から舌の根、喉奥まで余すところなく咥内を舐《な》め尽くす。

どれほどの時が経ったのか。

結乃花にはもう時間の感覚など無くなっていた。唯織の吐息に満たされ、絡められる心地よい舌の感触から離れることなどできない。唇もぷっくりと膨れてふやけてしまっている。

唯織は存分に口づけを堪能した後、ようやく舌を解《ほど》いてゆっくりと引き抜いた。その仕草さえ淫らでじんと身体の芯が疼く。

ようやく夢うつつだった意識が戻ってきた。

濡れた唇から熱が離れて、すぅっと冷える。結乃花の中に喪失感のような寂しさが生まれてきた。

あまりに唯織の唇を名残惜《なごり》しそうに見つめていたのが分かってしまったのだろう。

苦笑した唯織は、キスで膨れた結乃花の唇にふたたび、ちゅっと熱を灯した。ほんの一瞬の触れあいだが、またすぐにその温もりが恋しいと思うほど、無しではいられなくなっていた。

「キスだけで一晩過ごすわけにはいかないからね。本当の儀式はまだこれからだよ」

結乃花の顔を覗き込みながら微笑む唯織は妖艶で美しかった。これほどの色香を放つ唯織を見るのも感じるのも初めてだった。普段は絶対に見せない、性的に男としての顔。

彼女とエッチをするときも、こんなにも凄艶な色香を漂わせているのだろうか。そう思うとずきんと心が痛む。

唯織は余裕のある男の手つきで、結乃花が身に着けている千早《ちはや》に手を伸ばした。胸元を結んでいる朱色の紐をわざと結乃花に見せつけるように、すうっと引く。

あっけなく結び目を解かれ、その下の白衣《びゃくえ》も流れるような所作で左右に開かれ、結乃花の純白の膨らみを露《あらわ》にする。

「あっ……」

はだけた拍子に、形よく盛り上がった乳房がふるんと揺れてまろびでた。神様に捧げる供物のように、唯織の眼前に差し出された格好になる。

「可愛い……」

今にも喰らいつきそうな唯織の視線に晒され、かぁっと肌が火照る。

心臓が大きく脈打ち、鼓動がどくどくと走り出す。

小さい頃は別としても、誰にも素肌を見せたことはない。女性経験が豊富そうな唯織にとっては、きっと未熟な身体だろう。なにしろ東京でも、洗練された女性とのお付き合いが豊富らしいと、地元《ここ》で噂になっていたほどだ。

結乃花は途端に怖気付く。唯織が肌を重ねただろう美しい女性たちと比べられることがこの上なく恥ずかしい。

咄嗟《とっさ》に手でふくらみを隠そうとした。なのにその手首をなんなく摑まれ、布団の上に押し戻されてしまう。

「ま、まって……。唯織《いお》くんっ」

「なに？」

「その、もし、『移しの露』だけの儀式だけなら、なにも装束を脱がなくても……」

——そう。

経験のない結乃花が言うのもなんだが、最近の巫女装束は行灯袴《あんどんばかま》といってスカートタイプになっている。総代として神社を熟知している唯織ならきっと知っているはずだ。だから、装束を脱がなくても、最終的な儀式の目的は達成することができるはず。

だが、唯織は片眉を上げて窘《たしな》めるように鼻を鳴らした。

「ふっ……、だめだよ結乃花。儀式で大切なのは、伝統に則ること。今夜の儀式で省いてはいけないことがある。なんだか分かる？」

優し気なのに、絶対的な声音。

幼い頃から一緒に育った結乃花にしか分からない独特の響き。唯織が絶対に主張を曲げない時に出す声だ。

「し、知らな……」

言いかけて結乃花はごくりと息を呑む。

唯織は自分が着ている白衣から、片方ずつゆっくりと肩を抜くと半身を露にした。

舞の練習をしていた時も、休憩時間に「暑いな……」と言って同じように脱いだのを覚えている。うっすらと汗ののった肌が眩しくて、その時も目のやり場に困ってドキドキした。

だが、今はその時以上に目の毒だ。

鍛えていると分かる均整の取れた体躯が、否が応でも性的に男を感じさせる。広い肩から伸びる長い腕は、上腕に筋肉がのって逞しく、結乃花をやすやすと包み込めそうだ。引き締まった腰の下で袴を留めているため、割れた腹筋も露になっている。臍《へそ》の下の方には、うっすらと黒い影を作る下生えが目に留まり、心臓がどきっと音をたてた。

唯織の輪郭や質感全てが男っぽく艶《いろ》めいている。

喉がカラカラに渇き、身体の芯が熱くなった。

息苦しさを覚え、唯織に組み敷かれたまま、はくはくと息を吸う。すると自分でもわかるほど乳房がふるんと揺れてしまった。

じっと見下ろされる唯織の瞳から、焔《ほむら》のような情欲が立ち上る。

その目が、狙いを定めたようにすっと細められた。

熱の灯った妖しげな表情にますます息が上がってしまい、さらに乳房がせわしなく揺れる。唯織の手が結乃花の手首から離れて、今にも零れそうなふくらみをまぁるく包み込んだ。ぞくっとするほどの甘い喜悦が腰の下から這《は》い上ってくる。

包まれているのは乳房なのに、まるで全身をわし掴みにされてしまったようだ。

唯織は極上ともいえる笑みを浮かべながら、やわやわと乳房を揉《も》みこんできた。

「ふっ……、んっ、い、唯織《いお》く……」

性的な刺激が初めての結乃花は、身体をしならせ逃れようとするが、下半身はがっちり唯織の太腿にホールドされている。動けば動くほど肢体が淫らにくねり、唯織を煽るばかりだ。

「ごらん。結乃花の乳房、俺の手にちょうどいい。腰は細いのに、ここは豊かに育ってるね」

「やっ……ン」

快感とともに羞恥が湧いてくる。華奢《きゃしゃ》な身体に比べ、胸が大きめなのは結乃花の悩みでもあった。巫女姿で授与所にいると、男性の参拝客の視線がとりわけ胸に注がれているような気がしていた。

でも唯織からは、そんな男性たちとは違い、崇めるような視線が降り注ぐ。

その瞳に肌を灼かれそうなほど、見つめられた。

「や、やめっ……んッ」

「やめない。今夜は禁秘抄に記されているとおりに儀式を進めるよう、念押しされている。だから俺はもちろん、完璧にするつもりだよ」

「な、なんて書いてあったの……？」

唯織の目がふいに柔らかくなった。

この瞳が小さい頃から好きだった。唯織に見つめられただけで、腰が砕けたように力が抜けてしまう。

「今宵、七神の姫と久龍の一の龍は……」

結乃花は、ごくりと唾を呑み込んだ。

「神の御前《みまえ》にて、生《う》まるるまま、いとたはしく、まぐはひせむ」

「え……？　ど、どういう意味？」

「つまり、俺と結乃花が一糸まとわず生まれたままの姿で、神様の御前で淫らに交わること」

「ええっ――!?」

うそでしょう。神さまの御前で？　は、ハダカで交わる……？

結乃花は信じられないという顔で唯織を見上げた。

「ほ、本当に？」

思いのほか漏れ出た声が弱々しい。

「ん、本当だよ」

唯織が本当だと言えば、それは真実なのだ。小さい頃から唯織の言葉が嘘偽りだったことなど一つもない。だから、あの時の迷惑だ、という言葉も唯織の本心から出た真実なのだと納得したのだ。

「大丈夫、怖がらないで。結乃花は何もしなくていい。俺が教えてあげるから」

刹那、胸の奥に甘苦しい疼きが走る。

いつも結乃花に初めてを教えてくれたのは唯織だった。

初めて自転車に乗ったのも、初めて泳ぎを教わったものの、初めて神楽を舞ったのも、どんな時も結乃花に初めて教えてくれたのは唯織だったのだ。

たとえ唯織と結ばれないと分かっていても、自分の初めてはずっと唯織に捧げたいと思っていた。他の誰にもあげたいと思わなかった。

もしかしたら、この儀式は神様が自分に与えて下さったご褒美なのかもしれない。

唯織が結乃花の表情をじっと見守っている。結乃花の答えを待っているのだ。

唯織とならば、たとえ儀式でも嫌ではない。むしろ希《こいねが》っていた唯織と結ばれることは一生に一度だけの経験で、きっと幸せな気持ちになるだろう。

こくりと頷くと、唯織は安堵したように微笑んだ。結乃花の手首を持ち上げて、その内側に優しく口づける。そのまま啄みながら温かな唇が腕を辿っていく。

目を瞑ってその感触に浸っていると、はだけた胸元に唯織の柔らかな唇を感じた。

初めて異性に乳房に口づけられ、結乃花はか細い声をあげた。

「んっ……あッ……」

「なんて瑞々《みずみず》しくて柔らかい。結乃花の乳首は、桃のようにほんのりした淡いピンク色だね。つんと可愛く勃ちあがってきた」

わかる？　と見せつけるように、人差し指で乳首を捏《こ》ねられた。先端から甘い刺激が駆け抜けて、思わず自分の指を噛んで声を震わせる。快楽を送り込むように、膨らみの先をコリコリと指で弄られ、堪《たま》らず身体がぴくぴくと跳ねた。

「ふっ……、やぁ……っん」

「結乃花は感じやすいね」

まるで誉め言葉のように嬉しそうに言うのはやめて欲しい……。

恥ずかしくて顔を背けると、大きな手に顔を包まれ引き戻された。

唯織と視線が重なりあう。

「エッチするときの結乃花はかわいいな。結乃花とずっとこうしたかったと言ったら、信じる？」

冗談めいて唯織が言う。

でも、そんなことは信じられない。女性を抱くときの常套句なのかもしれない。

結乃花はふるふると首を振る。

「だって、唯織《いお》くんには、東京に彼女がいるって聞いたから」

「……そうか」

なぜか唯織は複雑な表情を浮かべ瞳を伏せた。その仕草にハッとする。

もしかしたら、唯織は東京の彼女と別れて地元に戻ってきたのかもしれない。彼女を思い出して、恋しくなったのだろうか。

そう思ったのも一瞬で、唯織が結乃花の首元をきつく吸う。

「ひっ……ぅん」

「キスマーク、つけた」

「も……、唯織《いお》くん、ふざけないでっ」

結乃花が見上げると、唯織の真っすぐな瞳に射抜かれた。

「ふざけてなんかいないよ。今夜の大切な印。俺が結乃花を抱いたという証《あかし》だから」

真剣な眼差しで言われて、胸の奥が甘苦しく疼《うず》く。

――本心なのだろうか。

義務感からではなく、印を残したいと思うほどに、私を特別だと思ってくれているの？

唯織の心がよく分からない。

それでも肌に熱を灯すように舞い降る口づけに、結乃花はただ睫毛を震わせることしかできなかった。

☆

高灯台の灯りはちろちろと揺らめき、薄暗い幣殿を仄かに照らしている。

結乃花はまるで現《うつつ》とは思えないような感覚に包まれていた。

それでも、肌の上を這う唯織の唇は官能的で温かく、絶え間なく響く口づけの音も、紛れもなく耳に届いている。

これが現でなければ、なんなのだろう。

唯織は唾液をたっぷりのせた舌で優しく蕾を左右に転がし、丹念にそれをしゃぶり始めた。

気持ち、いい……。

「んっ……、唯織《いお》くんっ、それ……、んッ」

「ここ好き？」

「やぁ……、……あんッ、あ……」

ダメ……と言おうとしたのに、さらに強請るような声で喘いでしまう。

乱れた巫女服のまま、なす術もなく男の愛撫に翻弄されていることが恥ずかしい。せめて痴態を晒さないように、なんとか声だけでも我慢しようとするも無意味だった。

まろびでた果実を余すところなく含まれ、甘い息が漏れ出してくる。

「我慢しなくてもいいよ。結乃花の声をきかせて」

「あ……、ひゃあん……ッ」

薄桃色の蕾を口の中に大きく含まれ吸い上げられると、くにゃりと手足が蕩けてしまうような恍惚感が襲ってきた。

舌触りを堪能するように突起を転がされ、息も絶え絶えになる。胸の先から気持ちよさが溢れ出し、結乃花は我を忘れ、とうとう喉を逸らして甘い喘ぎをあげた。

「や……、ふっ……、あぁんッ――」

「こんなにコリコリにして。結乃花はいやらしいね」

「ち、ちが……、んはぁっ……」

「結乃花の感じている顔、もっと見せて」

口の端を引き上げながら、乳房に吸いつく唯織にクラクラした。

情欲を漂わせ艶《いろ》めいた表情は、結乃花の知っている唯織とは思えない。いや、もう九年も離れていたのだ。とっくに結乃花の知らない部分の方が多くなっているのだろう。

子供時代の九年と、大人になってからの九年では経験することも違う。

なんども吸ったりしゃぶったりし続けられているうちに、どんどん身体がのぼせたように熱くなる。脚の付け根にも、ずきずきするような熱が生まれてきた。

「結乃花は、どこもかしこも柔らかだね。でももっと柔らかくて敏感なところも可愛がらせて？」

なんで唯織が私の身体のことを知っているの……、と思ったのも束の間、いつの間にか唯織の手が結乃花の太腿を這い上っている。

「巫女服、脱がなくても出来ると、さっき俺に教えてくれたね。もちろん、出来るよ」

クスッ……と微笑む唯織の双眸に得体のしれない光が灯る。

その時、結乃花は自分がまずいことを言ってしまったのだと知った。

「まずは、ご希望どおり巫女服のまま可愛がってあげようか」

氏子総代とは思えない不埒な物言いだ。

唯織は緋袴をゆるりとたくし上げた。すると、唯織の息が一瞬止まる。

結乃花はハッとして思い出した。いつもは巫女服の下にシンプルで飾り気のないショーツを履いている。でも今日に限っては、両脇に細い紐のあるシルクレースの薄いショーツだった。通販サイトで一目惚れした甘さのある可愛いデザインだ。

クロッチ部分が小さめの逆三角形のシルクレースで、真ん中にも飾りのリボンがついている。いつも重要な儀式の時は、下ろしたてのショーツを身に着けていた。今日は、このショーツが届いたばかりだったため、誰が見るわけでもないし、たまにはこんなのも良いかなと嬉しくてさっそく身に着けたのだ。

「これは……想像以上にクる」

掠《かす》れ声で言われた瞬間、お腹の奥がきゅんと疼いて、何かがとろりと溢れてきた。

「すごい、こんなに甘い匂いさせて」

唯織の指が、太腿からクロッチ部分の縁をなぞり上げる。

「あっ……、だめ、そこ……っ」

「ここ？　ここに結乃花の一番可愛い蕾《つぼみ》が隠れているんだよ」

唯織の指がレースの上から、柔らかで閉じた秘肉のあわいを筋をつけるように撫でさすった。そこに隠れているものを確かめるように、中心をくちりと押す。果蜜がとろりと滲み出て、くちゅっとはしたない音を立てた。

「ふぁんっ……」

なに、これ……。全身がぞわぞわする。

もう一度、唯織がレースの上から柔肉のあわいに指を深く沈み込ませてきた。蜜のはじける音がさらに大きく響き、じーんと脳芯が痺れて何も考えられない。

「結乃花。もうこんなに濡れて、レースに染み出してきてる」

「やっ、くっ……ふぅっ……ん」

指先をさらに深く割れ目に押し付けくにくにと動かされる。そこにある芯のようなものが痺れて、お腹の奥がきゅんとしてやるせない。

それに触れられると、どういうわけか自分の身体が人形みたいに動けなくなる。

今までお風呂で洗っても、こんな風になったことなど一度もないというのに。

慎ましいと思っていた身体は、あっけなく淫らに堕とされてしまったようだ。

指を押し付けられたまま、指の腹でくりっと捏ねるように円を描かれた。

「ひぁ……んっ――ッ」

言葉にならない快楽が溢れ、腰ががくがくと高く跳ね上がる。

「軽くイった？　ちょっと指で押しただけなのに、結乃花はすごい敏感だね。指だと刺激が強そうだから、違うもので慣らしてあげよう」

いまだに無垢な身体のままの結乃花には、かなり衝撃が強かった。

まだ平常心を取り戻せていないというのに、慣らすってどうするの？

力の抜けた肢体のまま乱れた吐息を繰り返していると、唯織がショーツのリボンをすっと引き抜いた。

それも唯織がすると、まるで一連の儀式の作法のようで、ただ見とれてしまう。はっとしたときには、両方のリボンをすっかり解かれてしまっていた。

下半身がすぅすぅしてあまりに無防備で心もとない。なにより秘部を唯織に晒けだしてしまっているのが恥ずかしくて堪らない。

「美味《うま》そうな蜜を引いているね。この紐のある下着、まるで果物の皮を剥いているようでいいな。まさにこれから瑞々しい果実を味わう感じで」

「なっ、なにを……ッんッ」

結乃花も知らないわけではない。男性が女性のそこを口で愛撫することを。でもそれは全ての男性がすることではないと思っていた。

もの心ついた時には、周りの女子を虜にしていた唯織だが、異性への対応はあっさりしていた。まさか唯織に限ってそんなことをするなんて考えたこともない。

なのに——。

「結乃花のココ、桃の花びらみたいだね。綺麗だよ」

そっと右足を持ち上げて、滑らかな肌に口づけをしながら、もう片方の脚にも手を伸ばされた。両脚を大きく左右に開かれると、ぴったりと閉じていたあわいが、ぱくりと開いて無防備になる。

恥ずかしいところが全て剝き出しになり、秘芯が怯えたようにひくん、と揺れる。

身の危険を感じて腰を引こうと試みた。しかし、太腿の下から抱え込むように添えられている手は、意外にも力強くてびくともしない。結乃花の抵抗も、見事に徒労に終わる。

「だめだよ。閉じたらココから湧きだす甘い神酒を味わえないだろ?」

「み、神酒って……、んぁ……ッ」

唯織が睫毛を伏せ、長い舌をのばし秘裂に添える。

ゆっくりと花襞の柔らかさと滴る蜜を味わうように舌先でなぞり上げた。

「ふぁ……ぁんっ……ッ」

——気持ちいい。

はじめてのその感触にぞわりと全身が戦慄いた。

第弐章　移しの露

　唯織の舌はなんともいえない温もりを灯し、やんわりと甘やかすように舐め上げている。だが絶対的な意思を持ち、結乃花の慎ましさを舐め蕩かすように蠢《うごめ》いていた。

「ああ、もう、とろとろ」

　初めての背徳的な快楽に溺れ、結乃花は蜜汁を溢れさせた。

　熱く濡れた舌が襞を弄り、花芯を探り当てる。結乃花はそれが何なのか自覚したことはないが、硬く膨れている小さな芽を、その形を愛おしむように舌先でなぞられた。

「ひぁ、あぁっ……ッ」

　瞬間、あまりの刺激に腰が砕けそうになり、初めての鮮烈な快楽に身体中がびくびくと波打った。

「結乃花のココ、健気だな。小さいのにぴくぴくして可愛い」

「やぁっ、唯織《いお》くん、そこ、だめなの……ッ、へ、変になっちゃう」

「変になるようにしているんだよ。どんな結乃も今夜は俺のものだよ」

　たった一夜でも唯織のものになれるのならどんなに嬉しいことか。

夫婦のように淫らにまぐわう、今夜はそういう儀式だから、こんなことを言ってくれるのだろう。

唯織は、なおも舌先で角ぐんだ花芯を甘く捏ねる。

結乃花を弱いところをたっぷりと可愛がるように。

「はぁ……んっ、唯織《いお》く……っ」

きっと小指ほどもない小さな器官。なのに全身の神経を集めたようなそこは、唯織の愛撫に素直すぎるほど反応し、さらに甘えるようにヒクついて猥《みだ》らな快感を垂れ流している。

「感じる？　小さいのにはち切れそうなほどぷっくり膨れてきた」

感じるなんて次元じゃない。淫らな芽は、舌で嬲《なぶ》られると気持ちいいと覚えてしまった。さらに貪欲に唯織を求めている。結乃花にも分かるほど硬く張り詰め、ぷっくりと膨れて勃《た》ちあがる。

あまりの羞恥に何も答えられない。

初めて淫らに下半身を男性に晒した結乃花は、両脇に太腿を押し開かれているだけでも堪らなくはずかしい。たとえそれが気持ちよくても、自分から舐めて欲しいと強請ることなどできるはずもない。

結乃花の代わりにただヒクヒクと媚肉があさましく揺れている。

唯織が嬉しそうに吐息を吹きかけ、まるまると膨れた花芯をすっぽりと口の中に含み入れた。唾液が溢れる温かな口内で泳がし、ぬるぬると舌で転がしては舐め回す。

じんわりとした熱が強烈な刺激とともに浸潤し、さらに快楽の沸点を超えイってしまう。

「んっ、んんっ――」

いったい自分の身体はどうなってしまっているのだろう。

脳が蕩けそうなほどの絶頂に押し上げられる。

がくがくと震える太腿を両手で押さえられ、我慢できずに快楽にむせび啼く。

結乃花の全てを貪り味わい尽くすかのような低く唸る声に男を感じ、身体中がゾクゾクしてしまう。

「は……、結乃花の蕾、口の中でヒクヒクして可愛い。クセになる……」

「唯織《いお》く……、も、だめ……なの……ンっ、だめぇ……ッ」

執拗《しつよう》ともいえるほど、結乃花の淫芽をふやけるほど舐め上げられた。

思考までもドロドロに蕩けていく中、唯織は冷静で淡白な風に見えて、実は気に入ったものにはかなり拘わってのめり込むタイプだったことを思い出す。

そんな結乃花の思考は、あっというまに快楽の波に沈んで、新たな愉悦に襲われた。

今度は舌全体でクニクニと揺さぶられ、甘噛みされたのだ。

どうしようもできない心地よさに、か細い啼き声が止まらない。

もうだめ……と思ったとき、唯織がさんざん嬲《なぶ》っていた蕾をちゅうぅっ――と強めに吸い上げた。

「あッ、やぁッ、イっちゃ……ッ」

下半身で燻っていた熱が大きく弾け、身体中を駆け巡った。

意識が天上に舞いのぼり、結乃花の視界を白く染め上げる。

一体、なにが起こったのだろう……？


唯織を見上げると、男らしい喉仏がごくりと上下した。

「まいったな、まだ結乃花を解してないのにイきそう……」

そう言うや否や、力の入らない結乃花の腰を持ち上げてあっさりと緋袴を抜き取ってしまう。白衣も綺麗に剥かれて、生まれたままの姿を唯織の前に晒される。

濃厚な檜葉の香りに視線を上げると、唯織も装束を脱いで逞しい肉体を晒していた。高灯台の揺れる光が鍛えられた体軀に陰影を作り、よりいっそう艶めかしく浮かび上がらせている。

端正な美しさに見惚れ、結乃花は息をすることも忘れてしまう。しなやかで均整のとれた肢体からは色香が駄々洩れで、今までに見たどんな唯織よりも破壊力がある。

「結乃、ごめん。俺もちょっと限界。まだ結乃花は準備ができてないから、先に一度出させて」

唯織の言っている意味が分からない。今夜は結乃花の知らない唯織に困惑させられてばかりだ。

柔らかな瞳は、いつの間にか危険な光を放ち、すっと細められた双眸は、劣情を孕んだような奇妙な熱を灯して結乃花を見下ろしていた。

　こんな表情も初めてだった。まるで食べられてしまいそう……。

　結乃花が怯えるような瞳を向けると、いっとき、いつもの穏やかな瞳になったかと思ったのも幻影だったのだろうか。

　有無を言わさぬように、再び大きく脚を開かれ、同時に花弁の泥濘《ぬかるみ》に熱い塊が押しあてられた。

「んっ……」

「うっ……ッ」

　唯織も堪らないというように呻き声をあげた。秘裂に添えられた太い幹のような唯織の一部。それが何かわからないほど、結乃花も初心《うぶ》ではない。

　押しあてられた男の塊がどくどくと脈を打ち、結乃花の弱くて柔らかな部分に雄々しい熱を伝えている。

　今まで知らなかった唯織の存在をまざまざと感じてしまう。

「っ、動くよ」

「……っん」

　ずっしりと重い熱が、結乃花の濡れそぼったあわいを上下に這う。まるで蛇か龍が這いまわっているような感触にぞくぞくする。

　唯織は腰を回し入れながら、ぐちゅぐちゅと卑猥な音を立て、淫唇にめり込むように屹立を擦りつける。その動きは淫らなのに、あまりにも気持ちが良くて、結乃花は目を閉じて唯織を堪能する。

「……っ、唯織くんの熱い……」

「ああ……、堪らない……結乃、俺を感じて」

感じないわけがなかった。

こんなに存在感のある唯織の一部を。なによりその質量と熱が結乃花の思考や五感を圧倒する。

ぐちゅ、ぬちゅ、と聞くに堪えないほどの卑猥な音を立てながら、太い幹が畝《うね》りをあげた。唯織はそそり勃つ昂りで、雄の猛りを伝えるように淫唇を淫らに行き来する。

「……ッ、結乃の花びら、すごくとろとろで気持ちいい……」

唯織の感じ入ったような艶めかしい吐息。

吹きかかる熱を肌に感じるだけで、結乃花も蕩けてしまいそうだ。

見上げた唯織の太い首筋からは、胸板に汗が滴りひどく官能的だった。それが唯織の匂いをいっそう濃厚にして、結乃花の思考を麻痺させる。

みっしりと張りのある肉茎が、柔らかな淫唇をさらにどろどろに溶かしていく。

亀頭の先が、はち切れそうな花芯を甘く突《つつ》いてくにゅくにゅと捏ねた。まるで唯織の雄芯でキスされているようだ。

結乃花は夢中で唯織の名を呼び縋りつく。もうこれ以上、何も考えられない。

神の御前であるにもかかわらず、押し寄せる喜悦に結乃花はとうとう、幣殿に響き渡るほどのよがり声をあげた。

「あん……、あああっ……ンっ」

「っ……、結乃、射精《で》るっ」

ぐいっと腰を突き出し、小さく呻いたまま唯織の動きが止まる。

肉棒が結乃花の腹の上で荒々しく上下に脈動し、先端からビュクビュクと白濁を吹き上げた。結乃花の無垢な肢体に熱い精を撒き散らかしている。

生まれて初めて男の射精の瞬間を目の当たりにし、ねっとりと熱い唯織の体液の感触を肌に感じ呆然とする。

唯織が結乃花の身体で快感を得て迸ったということが信じられない。心が背徳的な嬉しさでいっぱいになる。自分に欲情してくれたことが純粋に嬉しかった。

でも、特別だと思ってはダメ。あとから悲しむことになる。

鼻孔で入り混じる唯織の檜葉の香りと青臭い精の匂い。

何とも言えない淫猥な香りに、結乃花も酒に酔ったようにくらくらした。

まだ情欲の灯る瞳を唯織が向け、荒い息を整えながら汗の滴る前髪をかき上げた。その煽情的な姿からいっときも目が離せない。

「悪い。結乃があまりにも気持ちよくて我慢できなかった」

悪びれずに目を細めて微笑んだ。その表情にどうしようもなくきゅんと胸が疼く。

──ああ、唯織くんが好き。今夜、彼に最後まで抱かれたい。ひとつに結ばれたかった。

「結乃花の身体、すごく淫らだな。俺の白濁がまるで巫女装束の代わりのようだ」

乱れた巫女装束の上に猥らに晒した肢体。胸の膨らみの上に迸った精が、いまだに熱くじりじりと結乃花の肌を灼いている。

「結乃花の感じるところ全部に、俺の移しの露を味わわせてあげる」

唯織が妖艶に微笑み、乳房のふくらみから零れ落ちそうになった白濁を指で掬い上げた。指先からとろりと滴る白い液体が酷くいやらしい。

「まずは俺の味を覚えて？」

「えっ？　ふぁっ……」

何をするのかと思えば、唯織が長い指を伸ばし、まるで子供に甘いクリームの味見をさせるように、結乃花の唇に近づけた。

味見をするのは当然だとでもいうように、はい、と笑まれて思わず唇を開く。

唯織の指が強引に結乃花の舌に白濁を練り込んだ。

「んんっ……」

苦い味が鼻孔に抜ける。それでも嫌な苦さではなく、白濁からも檜葉のような香りがした。不思議ともっと味わいたいような気持ちになって、唯織の指先をちゅっと吸う。

「……ッ、結乃花は欲しがり屋さんだね」

内緒の悪戯を分かち合ったような表情にどきんとする。

そんな唯織の表情を見るのも初めてだった。

やんちゃな十織と違って、優等生だった唯織は、小さい頃から絶対、悪戯などしなかったからだ。

それなのに大人になってからの悪戯など質《たち》が悪い。

唯織はその『大人の悪戯』を愉しんでいるようだ。そんな一面が唯織にあったのかと驚かされる。

「もっと俺の味を覚えてごらん」

今度は腹の上の白濁を大切そうに掬う。その感触にぞわぞわする。今度はなにをするのかと息を詰めると、うっすらと色づく敏感な乳頭にねっとりと塗り込んだ。

「ひゃっ、ぁんっ……」

「ほら、乳首が美味しそうに味わっているよ」

身体のあちこちに広がった精を指で掬い上げて、結乃花の両方の乳首にクリームを馴染ませるようにぬるぬると塗り込んでいく。

達したばかりの敏感な身体には、我慢など出来るはずもない。さらに濃厚な精の香りが相まって結乃花をおかしくさせた。

「あッ、そこ、やぁ……ッ」

塗り込めながら両方の乳首を同時に捏ねられた。背中が大きく仰け反り、肌を滑る白濁の滑《ぬめ》りとごつごつとした唯織の指の感触が、より濃厚な快楽を連れてくる。

性の知識の乏しい結乃花でさえも、唯織が酷く淫猥《いんわい》なことをしていると自覚する。

それでも、もはや気持ちよさしか拾わない身体は素直に反応して、もの欲しそうに身をくねらせてしまう。

身体中から唯織の精の匂いが立ち上り、媚薬を塗り込められているように熱くて苦しい。

強い快感から逃れようとしたのに、尻を出したまま襞がひくひくと震え蜜汁がとろとろと溢れだす。

「ああ……そうか、こっちにも欲しいな？」

くすりと笑みを帯びた嬉しげな声。

唯織が掬い上げた白濁をたっぷりと指にのせ、ゆっくりと結乃花の蜜壺に差し入れる。

「ほら、ここにもご褒美だよ」

「んぁっ……」

初めてだというのに、意外にも指を呑み込んだとたん、蜜路がきゅっと締まる。

唯織は満足げに微笑み、何度も掬いあげては白濁を蜜壁に塗り込める。

節くれだった長い指が媚肉をなぞるたびに、味わうように唯織の指を喰い締めた。

結乃花の身体は、どこもかしこも唯織の好きにされている。

「指を増やすよ。この奥に俺の移しの露をたっぷり注がないといけないからね」

「やぁっ……」

二本の指が奥に沈んでいく感覚にひとりでに腰が浮きあがる。

信じられない……。

唯織が自分の中から、可愛がるように肉を撫でている。

小さな頃に撫でてくれた指は、淫猥な男の指に変わり、結乃花の内側からいやらしく撫でさする。愛しさを込めたようなその動きに、未熟な結乃花でも快楽を敏感に拾ってしまう。唯織がいいところを撫でるたびに、甘い声が止まらない。

「んぁっ、そこっ……」

「ここが悦《い》いの？」

ときおりじぃんと熱く快感が生まれる場所がある。そこを擦られるときゅんと隘路が締まってじんじんする。

ゆるゆると出たり入ったりしていた指は、今度は貪欲に、ぐちゅぐちゅと淫猥な音を立てて結乃花の中を掻き回し始めた。ふたたび押し上げられた快感が高みを求めて結乃花の身体中を彷徨《さまよ》い始める。

その時だった。

絶妙なタイミングですっかり無防備だった結乃花の秘芯を唯織の口内に含まれる。

内側を掻き回され、同時に花芽を吸い上げられれば、ひとたまりもなかった。

「やっ、あ、あぁ……っ！」

一瞬で待ち望んでいた快楽を得て目の前がぱっと白く弾ける。ビクン、ビクンと四肢が痙攣《けいれん》し、求めていた以上の凄まじい快感が押し寄せた。

朦朧《もうろう》とする中、ずるっと指が引き抜かれ、同時に熱い塊が蜜壺に押しあてられた。まだ愉悦の大波のただ中にいる結乃花は、一瞬、何が起こったのか分からず、息を詰めた。

「唯織《いお》く……?」

「挿《い》れるよ。俺の形を覚えて」

はち切れそうなほど硬くそそり立つ屹立の根元を押さえ、ぐっと蜜壺の中に押し込める。指でたっぷりと広げられたと思った隘路は、唯織の膨れた亀頭を呑み込むにはまだ余裕がなかったようだ。

太い熱がみちみちと肉を割り開きながら奥へと侵入する。

「ぐっ、結乃……、ああ、結乃花……ッ」

必死に痛みを堪えていた結乃花は、唯織の狂おし気な声を聞いて、まるで唯織と痛みを分かち合っているような気持ちになった。

結乃花と繋《つな》がることを何年も渇望していたかのような感極まった声音。

――まさか、そんなことありえないというのに……。

唯織が秀麗な顔貌《かんばせ》を歪ませた。どこか余裕のない表情が、より一層、色香を溢れさせている。その凄艶《せいえん》な表情に目を奪われた。

男の人がこんな熱情を孕んだ表情をするなんて……。ましてやあのクールな唯織が。

唯織の痴態を目の当たりにして、結乃花は胸が一杯になる。

自分が唯織に快感を与えているのだと思うと、胸の奥から嬉しさや誇らしさが込み上げ感極まって、眦《まなじり》からほろりと涙が零れた。

「ああ、結乃……、ごめん。もう止めてやれない」

唯織は結乃花の涙を親指で拭い取りながらも、引き締まった腰をぐっと進めてきた。

「っ……！」

声にならない悲鳴が上がる。

唯織の形がくっきり分かるほど、長大な太茎でとうとう奥深くを貫かれた。

みっちりと隘路に密着した逞しい性器の感触。

腹の中が灼けつくように熱い。

唯織の男らしい茂みが柔らかな肉びらをざりっと擦り、その全てを呑み込んだのだと知る。

「んっ……、大きい……っ」

「結乃……、ああ、結乃花……」

狂おしいような声音が鼓膜を掠め、繋がりながら熱く胸板が押し付けられた。くにゃりと押し潰された乳房が唯織の肌に吸いつき、えも言われぬ感触にぞくぞくする。

挿入されたまま、いつのまにか唯織に抱え込まれて、ぎゅっと抱きしめられていた。

恋人のように大切に抱きしめられたら勘違いしてしまう。

唯織としては、この儀式を早く終わらせたいはずだ。想いを寄せられるだけで迷惑だった子と、好き好んでエッチするような男性はいないはず。だけど男性は生理的にそういう行為ができる。ただそれだけだ。

それでも初めての結乃花を思いやり、両手をついて額に汗を浮かべながら見下ろす唯織の顔が、嬉し気に上気しているのは結乃花の願望からくる幻なのだろうか。

「……くっ、結乃花が痛くなくなるまでこうしているから……」

「ううん、唯織くんの好きにしていいよ。も……、痛くないから」

痛くない……というのは嘘だ。

けれども唯織の苦しそうな表情を見ているだけで、結乃花のほうが痛みを感じてしまう。

「……っ、そんなことを言って無自覚にも程があるな」

結乃花が潤んだ瞳で見上げると、唯織の声のトーンが卑猥な翳りを帯びた。

ずるりと肉棒を蜜口まで引き抜くと、その瞳が獲物を狙うような目つきに変わる。

「なら、遠慮はしないよ」

「ふぁあっ……」

腰を前に繰り出し、結乃花の内側を堪能するように長い肉竿を沈めていく。

思考も飛んでしまうほどの重い圧迫感。媚肉が震え、唯織をぎゅっと喰い締める。

ずっしりと実の詰まった長い幹が、胎内で生き物のように脈打っている。

亀頭が子宮口をこじあけ、苦しいほど奥まで唯織でいっぱいになった。

結乃花は痛みよりも幸福感に身体を震わせながら、唯織にしがみ付いた。つま先までひくひくするほど逞しい雄芯で貫かれている。

「結乃、俺の形が分かる？　結乃花がいやらしく絡みついてくるから、もうこんなにガチガチ」

唯織はゆっくりと己を引き抜きながら、さらにぬぷりと卑猥な音を立てて挿入した。太い幹は硬さを増し、エラの張った亀頭は蜜壁を甘く擦《こす》る。

奥まで沈めては、肉壁をなぞるようにゆっくりと抜き差しした。

もっと挿入を深めたくなったのか、唯織は結乃花の太腿を高く掲げ、ぱしゅんぱしゅんと音を立ててリズミカルに出し入れを繰り返す。激しく動いてるわけではないのに、媚肉どころか腰が痙攣《けいれん》したように戦慄《わなな》いて止まらない。

「ふぁ、あんっ……、だめ、それ……っ」

「ああ、よく見える。結乃花の蜜口が美味しそうに俺を呑み込んでるよ」

ほら……、と分からせるようにわざと淫猥な水音を立てて、耳からも快感を植え付けられた。深い所を太い亀頭で焦らすように擦られれば、身体芯が熱くなり、涎を垂らしたまま喉をヒクつかせる。

こんな姿を見せたくない。なのに……。

「ああ、すごく締まる。結乃花はエッチだね。もっと奥に欲しいの？　ん？」

目の前で緩やかに腰を蠢かせて唯織が笑う。

結乃花のお強請《ねだり》を待つように、今度はわざと深くは挿入せずに、ちゅぽん、ちゅぽんと浅瀬ばかりを突きはじめた。

「ん？　結乃花、ほら、言わないとこのままだよ」

結乃花に陰茎を見せつけながら焦《じ》らしている。

自分は性には淡白だとばかり思っていた。だというのに、初めてのセックスでこんなにも淫らになるとは想定外だ。

全ては、目の前にいる唯織のせいだ。唯織がこんなにも性に貪欲で意地悪だなんて……。

「ほら、結乃、欲しいならちゃんと奥にちょうだい、って言うんだよ」

そんなふうに言う唯織の声も、苦しげだった。

でも、結乃花からは絶対にそんな恥ずかしいことを言えるわけがない。

それなのに、さんざんぐちゅぐちゅと浅瀬を掻き回され、とうとう堪えきれずに涙声で懇願した。

「やぁ……、唯織《いお》くんっ、それ、やなの。もっと奥にきて……ああっ！」

唯織も限界だったらしい。

言い終わらぬうちに、欲しかったところに太茎がずぷりと深く挿入された。

その一突きが結乃花を快楽の坩堝《るつぼ》に突き堕とした。

あまりの衝撃に嬌声と涙が止まらない。

目の前の唯織も、極まった表情で、猛然と腰を突いてくる。

「結乃、ああ……、どうしようもなく可愛い。結乃花……ッ」

激しく身体を揺さぶられ、乳房があられもなく振り乱れる。

子宮口を抉るように穿つ唯織は、雄の色香と荒々しさの両方を撒き散らしていた。

高校生の頃より、性的にもずっと魅力的になった唯織に、結乃花が陥落しないわけがない。唯織の瞳に宿る熱い眼差しさえも、いっそう結乃花を狂わせた。

「やぁ……っ、唯織《いお》く……、何かきちゃう……っ」

「結乃……、イっていいよ、いっぱい奥を突いてあげる」

卑猥な水音がこれでもかというほど大きく響く。

ぐちょぐちょの隘路から交じり合った二人の体液が滴り、立ち上る淫靡な匂いにまで、脳髄が溶けそうなほどだ。

今度は最奥を執拗に容赦なく責めたてられた。

ずんっ、ずんっと子宮口に亀頭がめり込むたび、内側から脳芯が揺さぶられる。

こんな感覚は初めてで、怖い。結乃花は唯織にぎゅっとしがみ付く。

「……アァっ、やぁぁぁっ……」

ゴリっと太い亀頭で渾身の一突きを受け、目の眩むような高揚感に包まれる。唯織の魂とひとつになり、一緒に天にまで舞い昇ってしまいそうな心地だ。

「――っ、結乃花……ッ」

唯織が聞いたこともない切羽詰まった声をあげた。

その瞬間、膨らんだ肉棒が爆ぜ、勢いよく白濁が迸る。

「……っく、結乃……ッ、結乃花ッ」

最後の一滴まで出し尽くすように、唯織が腰を揮う。

ビュル、ビュルっと音が聞こえそうなほど、熱い液体が掠れた吐息とともに結乃花の泉に注がれた。

あまりの量に、蜜口から溢れて蜜汁と溶け合い、後孔にもとろとろと流れ落ちている。

薄れかけていく意識の中、結乃花は自分を満たす熱に、刹那の幸せを噛みしめていた。

きっと明日には、また元の関係に戻ってしまうだろう。

そう、ただの幼馴染のお隣さんに。

今夜の唯織は、氏子総代の責務から儀式に臨んでくれただけ。

それでも、結乃花は浅ましい考えを捨てきれなかった。

余韻たっぷりに耳朶に吹きかかる唯織の荒々しい吐息。逞しい身体から滴り落ちる汗。

確かに、唯織は感じてくれている。

今夜の淫らな儀式が、ただの義務ではなく、唯織の気持ちをほんの少し、自分に寄せられたのではないかと自惚れる。

「唯織《いお》く……」

好き……。

でもそれは言ってはいけない禁句だ。

だからせめて、濃蜜な時を過ごした唯織をこの目に、心の奥に焼き付けておきたかった。

「結乃……」

繋がったまま優しく髪を撫でられ、心地よい感触に身を震わせた。

その夜、結乃花が眠りに堕ちる前に目にした唯織は、きっと幻だったに違いない。

吐精の後、結乃花を愛しむような甘い恍惚とした表情だった。

第参章　秘められた想い

「——七神神社に異変が起きた？」

唯織がその知らせを受けたのは三ヶ月前のことだった。残業を終えて六本木にあるタワーマンションの自宅にちょうど戻ったところに実家の父から電話があった。

スマートフォンを片手にそのまま電気もつけずに寝室へと向かう。

電話をしながら器用にジャケットを脱ぐと、一人にしては大きい、キングサイズのベッドの上に無造作に放り投げる。

「異変ってどんな？」

唯織は務めて平静を装って電話口の向こうの父親に聞いた。

「いやな……、実は泉の水が枯れてしまってな……」

父親の声はかなり深刻そうだった。唯織の実家は、地元で駅ビルなどの商業施設に加えて、リゾートホテルなどをいくつも所有する不動産開発事業を展開する会社を運営していた。父親はそれらの会社の代表取締役に就任している。

できればすぐにでも唯織に地元に戻ってきてもらい、会社を継いでほしいという。

そうすれば、自分は会長職に退いて、七神神社のバックアップに時間が割けるからだ。

久龍家は、代々宮司をしている七神家と共に、千年の昔から七神神社を守ってきた家柄だ。父にとっては家業よりも、七神神社を支えることが最優先事項となっていた。

弟の十織も地元の大学を卒業し、専務として父親の事業を手伝っている。

一方、唯織は地元の高校を卒業してから都内の大学に進学した。将来的に父の会社を継ぐことを見据え、卒業後は留学してＭＢＡの資格も取得した。

帰国してからは、都内にある大手総合デベロッパーの都市開発部門で働いている。父親の会社から出向という形で実務経験を積んでいたのだ。

もともと二年の予定であったが、その会社から請われるままに三年も留《とど》まってしまった。そろそろ父の会社に戻るための準備を始めようとしていたところだった。

だが、戻ることに二の足を踏む原因が地元にある。

唯織は無意識に眉根を寄せた。

できれば、逢いたくない。とはいえ、父は神社の氏子総代で家も隣同士だ。地元に戻れば必然的に逢うことになってしまう。

高校を卒業してからもう九年も、彼女と逢うことを避けてきたというのに……。

「ああ、わかってる。今の会社には話を通してある。うん、残務処理もあるから、もうちょっと待ってくれないか」

唯織はふぅっと溜息をついて父親との通話を終えると、スマートフォンをじっと見つめた。するとメッセージアプリの通知に新規メッセージがあるのに気が付き、おもむろにトーク画面を開く。

画面には、『唯織くん、一大事！　泉が枯れちゃったの！』というメッセージの後に、『ショック』という意味なのだろう。がっくりと肩を落としたイラストのスタンプが送られていた。

唯織には、殆どメッセージアプリなど使う相手もいない。だが単身上京後、結乃花の母親から、こうしてたびたびスマートフォンにメッセージが送られてくる。

隣に住む結乃花の母は、小さい頃に病気で母を亡くした久龍兄弟にとっては、まさに母代わりのような存在だった。あっけらかんとして面倒見が良い。

実家には通いのお手伝いさんも何人かいたが、結乃花の母は、遠足など大事な行事の時はいつも、唯織たちの好物をたくさん詰めた弁当を持たせてくれた。それに加え、仕事で忙しい父の代わりに授業参観にも来てくれた。唯織や十織にとっては、本当の母親のようにとても大切な人だ。

上京してからも、東京が台風や比較的大きな地震に見舞われたりすると、よく、心配して気遣うメッセージが送られてきた。

そしてそれ以外にも――。

唯織にとって厄介なメッセージがこの九年間、定期的に送りつけられている。

――幼馴染の結乃花の画像だった。

それはまるで、唯織に結乃花を忘れさせないように、事あるごとに送られてくる。

たとえば、結乃花の高校の卒業式の写真。卒業証書を胸に抱えて、目の周りが朱く染まっているのは、感極まって泣いたのだろうか。

他にも地元の大学への入学式、神社の夏祭りを手伝う姿、華やかな袴姿の大学の卒業式。中には幼馴染とはいえ、こんな画像を男の自分に送ってきてもいいのだろうかと思うのさえあった。

自宅での風呂上がりに、キッチンで牛乳を美味しそうに飲む結乃花。夏のせいかタンクトップにお尻すれすれのきわどいショートパンツというういで立ちで、唯織の目に毒だった。

高校生の頃よりも成熟した、ふっくらとした胸にぷりっと丸みを帯びた尻。

思わず画面を凝視してしまう。

結乃花自身は、母親がまさか唯織に自分の画像を送っているとは知らないのだろう。普段の飾らない結乃花がそこにいる。

なんといっても、一番、唯織の心を騒めかせたのは、巫女姿の結乃花だった。

『初のお務め♡』というメッセージの後に、巫女装束を纏った初々しい結乃花が、はにかんだ笑みを浮かべていた。

この画像を初めて見たときには、思わず眩暈がして、鼻血まで出てしまいそうになった。

——俺の気持ちはおばさんには気付かれていないはずだ。

それなのに、どうして結乃花の母は彼女の画像をこうも頻繁《ひんぱん》に送ってくるのだろう。

だが、その画像を唯織がどう利用しているかを知ったら、もう二度と送ってこないに違いない。それどころか、七神神社に出入り禁止になるかもしれない。

唯織はいつものように、ネクタイを片手で緩めながらスマートフォンを操作した。お気に入りの結乃花の巫女姿の画像を開くとそのままベッドの上に放る。結乃花の白磁のように滑らかな肌が彼女の初々しさを引き立たせていた。

頰にはほんのり赤みがさしている。白衣《びゃくえ》の下には緋色の袴を履き、腰が細いせいか胸がやけに大きく見えて、男としてはすごくそそられる。

高校生の頃から思っていたが、清純なのに身体がエロいというのは、どう考えても反則だ。この画像を見ているだけでムラムラする。

「結乃花……」

温度と湿度の上がった吐息交じりの声が漏れる。

スラックスのファスナーを降ろし、やんわり勃《た》ちあがった陰茎をボクサーパンツの中から引き抜いた。スマートフォンの結乃花を見つめながら、まだいくぶん柔らかなそれをゆっくりと上下に扱きはじめる。

「ふっ……」

結乃花の巫女姿を目にしただけで、まるでパブロフの犬のように勃ちあがる己の逸物《いちもつ》に苦笑する。亀頭が皮からむくりと頭をもたげ、幹が硬く張りつめ、長大になっていく。

とうに馴染《なじ》んだ反応だった。

「……はっ」

ずっしりと重くなった肉棒を握っているのは武骨な手だ。それでも脳内で結乃花の柔らかで滑らかな手を重ねて想像する。

もう何年もこうして結乃花を想いながら自慰に耽る。

彼女に触れてはいけない。触れられない。唯織にとって結乃花は禁断の果実だった。

なぜなら結乃花と唯織は、絶対に結ばれてはいけない運命にあるからだ。

熱の灯った幹を唯織は強めに握りしめた。じん……と何かが沸騰するような熱い疼きが下半身から込み上げてくる。

ああ、この想いは永遠に秘めなければならない。

唯織は目を瞑り、九年前の自分に想いを馳せた。


——ちょうど高校三年の時だった。

唯織は、二歳年下の弟の十織がやたらと結乃花に纏わりつくことを正直、苦々しく思っていた。十織と結乃花は同級生で、十織はもの心ついた時から結乃花のことを好いていた。

それも小学生までは可愛いものだった。

だが、高校に入学すると十織の行動はエスカレートした。同じクラスということも相まって四六時中、結乃花にべったりだった。時には唯織が帰宅すると、自分の部屋に結乃花を連れ込んで、ドアをしめ切って二人きりで勉強していたり……ということもあり、さすがに唯織は十織に忠告した。

万が一、十織が変な気を起こしては困るからだ。だが十織は、「もしかして兄貴、妬いてる？」と薄ら笑いを浮かべて逆に挑発してくる。

上手に結乃花への気持ちを抑えていたつもりだったが、十織には感づかれていたようだ。

そんな十織に業を煮やしていたとき、唯織と十織は父親に呼び出された。

いつもとは違う父親の深刻な様子に二人は俄《にわ》かに緊張した。

「お前たち二人に大事な話がある。座りなさい」

二人は、無言のまま大人しく正座する。

氏子総代を務める父は、人当たりが良く氏子さん達にも人気がある。だが、ひとたび仕事や子育てになるとかなり厳しく、特に唯織と十織には一切の妥協はしなかった。こういう時の父には逆らわない方がいいと二人とも分かっていた。

「なんで呼び出したか分かるか。特に十織」

ぎろり、という言葉は父のためにあるのではないかと言うほど、厳しい目で睨まれる。

面白いほど十織がびくっとしたので、唯織は内心いい気味だと思っていた。だが、そのすぐ後の衝撃的な言葉のせいで、唯織は絶望の淵に突き落とされる。

「十織。今日、担任の先生から連絡があった。お前、学校でも結乃花ちゃんを追いかけ回しているそうだな。先生が結乃花ちゃんを心配して電話を下さった」

十織がぐっと口籠る。唯織にはさんざん口答えをして挑発してきたくせに……と思ってくすりと鼻から笑いが漏れた。

十織はかっとなって、父親に反論した。

「別に先生や父さんには関係ないだろ。俺は結乃花が好きだから付き合いたいと思っているし、ずっと一緒にいたい」

そう公言した十織に唯織はぎょっとなる。自分の気持ちだけ押し付けたところで、結乃花の気持ちが向くわけがない。だが素直に自分の想いを吐き出す十織のことも、どこか羨ましいと思った。

唯織はどちらかと言えば、結乃花をじわじわと追い詰めて自分しか見えないように仕向けてきた。ストレートな十織とは真逆なタイプだった。

十織は一本釣り、自分はじっくりと計算ずくで網を張るタイプだ。

だが、十織以外にも学校内には結乃花に目をつけている男《やつら》が何人かいた。結乃花は地元の大きな神社の一人娘ということもあり、高校でも何かと目立つ存在だった。それに見た目も可愛い。

だが、唯織が出るまでもなく、結乃花に近づこうとする男たちを十織が追い払ってくれる。唯織にとって、十織は結乃花のバリケードとしてちょうどよかった。

十織の言葉に父親がやれやれと額に手を当てて、頭を振る。

「いいか、お前たち。大事なことを言っておく。七神神社と久龍の家には守らねばならない戒律《とりきめ》がある。知っているか？」

唯織も十織も顔をきょとんと見合わせた。古い家だが、そんな戒律があるというのは初耳だった。

「はっきりさせておこう。久龍家は、千年も昔から七神神社をお守りする役目を担っている。代々、宮司を務める七神家を臣下として支えてきた。だから久龍家の男は、七神家のお姫《ひい》さんとは、永遠に結ばれない運命なんだよ。その戒律を破れば、七神家のお姫さんに災いが起こると言われている。つまり、結乃花ちゃんには絶対に手を出してはいけない。どんなに好きでもお前たちは結乃花ちゃんと結婚することは許されない。もちろん、交際するなどもってのほかだ」

その言葉を聞いて、唯織にも衝撃が走る。まるで雷に身体を貫かれたような衝撃だった。頭の中が何も考えられずに真っ白になる。

その後どうやって部屋に戻ったのかさえ覚えていない。

唯織は高校を卒業したら、結乃花に告白しようと思っていた。先生たちには都内の有名大学への進学を勧められたが、自分のいないところで可愛い結乃花を残しておくのは心配だった。

地元の大学に進学して、ずっと結乃花の側にいたいと思っていた。さらに自分が二十歳の成人を迎え、結乃花が十八歳になったら、結乃花の初めてを貰おうと密かに計画を立てていた。そのための準備もぬかりなかった。

唯織の父が所有する市内の高級ホテルのスイートルームを成人式の夜のために抑えてお

いた。高校三年の唯織にとっては、まだ二年も先だというのに。

用意周到に立てた計画が、がらがらと音を立てて崩れていく。

――結乃花とは永遠に結ばれない運命。

神社は伝統を重んじる。久龍家もまた然り。万が一、戒律を破って二人が結婚する場合、両家の許しは得られないだろう。駆け落ちするにしても、結乃花を愛する人たちから強引に彼女を引き離すことはできない。なにより、大切な結乃花に災いが降りかかるとしたら、自分からその戒律を破ることなど考えられなかった。

父親からそう言い渡された唯織は、一転、結乃花を忘れようと努力した。

だが高校も同じ、家も隣という環境では、結乃花を忘れることは至難の業だった。

結乃花を目にするだけで恋心が溢れてきてしまう。

――ならば、結乃花がいない所に行けばいい。

唯織は急遽、進学先を東京の大学に変更した。

そうして高校三年生の夏、唯織は結乃花を振った。告白するための時間をとってほしいという結乃花を拒絶したのだ。さらには、二人で舞うはずだった宵宮《よいぐう》の舞もすっぽかし、自分を酷い男だと思わせるために、同級生の女の子と祭りの夜店も回った。

それは唯織にとっても苦い思い出だった。結乃花以上に唯織の心はズタズタに引き裂かれた。

あの戒律さえなければ、祭りの夜は天にも舞う気持ちになれただろうと思わずにはいられない。だが上京して結乃花と離れても、結局、結乃花のことをどうしても忘れることができなかった。

大学に入って、告白してきた女の子たちとも付き合ってみた。そうすれば、きっと結乃花のことを忘れられるだろうと思っていたが、ダメだった。

どうしても一線が越えられない。

結乃花と比べてしまうし、結乃花以上に唯織の心を揺さぶる女性はいなかった。

以来、もう無駄に女性と付き合うのはやめた。結乃花以外の女性の肌に触れたいとも思わなかったからだ。

だが唯織も健全な成人男子だ。性欲は募る。

もう何年もずっとこうして自分で扱いて、結乃花への想いをあさましく吐露している。

「くっぅ……ッ」

肉幹を握る手の動きがいっそう速くなる。体温が一気に上昇し、射精感がせり上がってきた。

——クる。

唯織は根元を握ったまま動きを止める。この瞬間が一番やるせない。そそり勃つ肉棒は鋼鉄のようにガチガチだ。腰骨の奥から吹き上がるように背徳的な快感が湧きあがる。

亀頭が痛いほど張りつめて、もう我慢がならないというようにビクンと大きく脈動した。

「はっ……結乃……ッ」

精液が飛び散らないよう素早くズボンのポケットからシルクのハンカチを出してそこに吐精する。永遠に昇華できない結乃花への想いがドク、ドクと白い液体となって溢れ出た。性欲が強いせいなのか、唯織の射精は長い。ビュクビュクと勢いよく吐精するたびに腰が震え、息を荒げながら堪えられずにベッドに片手をつく。

「――くっ」

頭の中に浮かぶのは、巫女装束を淫らに脱ぎ、美しい無垢な肢体を晒した結乃花だった。

ハンカチから溢れそうなほど己の慾を吐き出し、手で扱いて最後の一滴を絞り出す。

ようやく射精を終えてふとベッドのスマートフォンを見ると、小さな白濁の雫が結乃花の巫女装束の上にぽつんと零れていた。

こんな風に結乃花を穢すことが出来たらどんなにいいか、という倒錯した思いが湧き苦笑した。

昔から唯織は非の打ちどころのない人物、とよく言われてきた。だが、それは唯織をよく知らない人たちが、勝手に唯織の偶像を造り上げているだけだ。

自分は人が思うほど廉潔《れんけつ》ではない。もう九年も結乃花に対する情欲を抱え込んでいる。

自慰の妄想の中では結乃花と愛を交わし、めちゃくちゃに乱しているのだ。

自分の想いが報われる日は永遠にこないと分かっている。だから、なおさら九年に及ぶ妄想はますますエスカレートするばかりだった。

☆

「……社長、社長？　お加減でも？」

聞きなれない声に目を覚ますと、唯織は自社ビルの社長室にいた。

そうだ……。儀式の後、夜明けとともに自宅に戻り熱いシャワーを浴びた。すぐに着替えて出社し、社長室のソファーで仮眠をとっていたのだ。

夕べは結乃花と淫らな儀式を終え、自分に散々乱され消耗しきった結乃花を抱きしめながら、一晩中悶々と眠れずにいた。

腕の中の結乃花が愛しくてたまらなかった。その温もりを手放したくなかった。

一晩だけでも、結乃花を存分に愛することが出来れば、彼女への不毛な想いも昇華できると思っていた。だが結果は散々だった。

肌を重ねて、さらに結乃花への愛着が募っただけだ。

もっと始末の悪いことに、結乃花の吸いつくような柔らかな肢体の感触が全身に残り、甘い香りや蜜の味を思い出すだけで、全身がカッと熱くなる。

空がようよう白み始め、うすぼんやりながら幣殿の中を見渡せるようになると、改めて自分がどんなに淫らに結乃花を抱いたのかと思い知った。

床に散らばる二人の乱れた装束。結乃花の身体に点々と残る口づけの痕。互いの身体はべとべとで、結乃花の髪の毛もくしゃくしゃだった。

それでも、くったりと子供のように自分に身を寄せる結乃花が愛おしかった。

そうっと結乃花から腕を抜いて身を起こした唯織は、部屋の隅に桶とタオルとぬるま湯の入ったポットが置いてあるのに気が付いた。

用意したのは春日さんだろうか。やけに気が利く人だと思いつつ、『淫らにまぐわえ』と指示した当の本人なのだから当たり前かと素直に感謝する。

本当の儀式の内容を何も知らない結乃花の父母に、こんな彼女の姿は見せられない。

儀式の内容は秘されており、本人たちにのみに伝えられるもので、宮司である結乃花の父にも詳細は話していないと春日さんから聞いていた。

唯織は結乃花の身体を清め、自分も手早くタオルで拭いた。まだぐっすりと眠っている結乃花に、用意されていた新しい小袿を着せてから布団を掛けた。

ううん……っと子供のような声を漏らす結乃花が可愛いくて、唯織はその耳元で囁いた。

「結乃……、愛してる。俺もずっと好きだった。これからもずっと結乃花だけだ」

高校生の頃に結乃花に告げたかった思いだった。寝ている結乃花に想いを打ち明けたからといって、バチは当たらないだろう。

そうっと手を伸ばし、結乃花のくしゃくしゃの髪を撫でつける。

こうして一緒に朝を迎えることはもう二度とないはずだ。かといって、このままここで結乃花の寝顔をずっと見ているわけにはいかない。

神社で一番神聖な場所とは思えないほど淫猥さの残っている幣殿。夕べ淫らに交わった痕跡がここそこに残っている。

春日さんが片づけてくれるとは言っていたが、神社の朝は早い。

万が一、誰かが様子を見に来たときに、結乃花と自分が裸で一つの布団にいるのはまずい。

唯織は、まるで磁石のように結乃花の頭に吸いつく手を何とか引きはがす。手のひらから結乃花の温もりがすぅっと消えていくのがなんとも寂しかった。

後ろ髪が引かれる思いを断ち切り、ひとりで自宅に戻ったものの、すぐ近くに結乃花がいると思うと落ち着かない。色々無理をさせたことを考えると、目覚めた時にそばにいて甘やかしたくなる。

結局、悶々としていた頭を冷やすために会社に来て仮眠をとったのだった。


「……はぁっ……」

唯織は社長室のソファーからむくりを起き上がった。

自分に声を掛けてきたのは多分、秘書課の誰かだろう。

「……っ、今は何時？」

「あの、七時すぎです……」

唯織は重い息を吐きながら、額に手を当て座ったまま屈みこむ。

どくどくと鼓動が酷く乱れている。頭が冴えてくると、途端に自己嫌悪に苛《さいな》まれた。

場所を変えて冷静になってみると、無垢な結乃花になんということをしてしまったのだろうと後悔が込み上げる。

夕べは自分でもよく分からない情欲に支配されてしまっていた。

何かに憑りつかれていたと言ってもいい。いや、結乃花に憑りつかれていたのだ。

九年間、ただひたすらに抑え込んでいた劣情が溢れ、まるで獣の交尾のように本能の赴くままに交わった。だが獣の方がまだましか。唯織は自嘲した。

結乃花を誰にも渡したくはない。

その独占欲と雄の本能で、自分の放った精を結乃花の肢体に塗り込むという、ありえないマーキングまでしてしまったのだ。

眼前に横たわる結乃花が、いつかは誰かのモノになる、自分以外の誰かが結乃花を抱くのだと思うと、対抗心が湧き上がった。

結乃花に自分の匂いを沁み込ませ、他の男に抱かれたいと思わないよう、必死だった。

「くそ……」

だが何をしたとしても、結局は唯織のモノにはならないのだ。はじめての男、としてだけ記憶されるのはつらい。それでも結乃花の初めての男を明け渡すわけにはいかなかった。

「……あの、大丈夫ですか？」

近くで囁かれた声にはっと顔をあげた。どこか見覚えのある若い女子社員だ。

「ああ、すまない。……君は、確か新しく入った秘書だね？　ずいぶん早くに出勤しているんだね」

「はい、ちょうど朝イチで海外からのメールに返信しないといけない案件がありまして。それも終わったので、役員のお部屋のテーブルを拭いたりしていました。社長は大丈夫ですか？　お顔の色が優れませんが……」

「いや、ありがとう。ちょっと寝不足なだけだ」

「では、コーヒーでもお飲みになりますか？　すぐにセットしてきます」

彼女がくるっと後ろを向いて、給湯室に向った後を唯織も追いかけた。

「僕にも手伝わせてくれる？」

棚からコーヒー豆の入った缶を取ろうと背の小さな彼女が背伸びしたところで、すぐ背後からそれをさっと取って蓋を開ける。

「きゃっ、だめです！　社長にそんなことはさせられません」

「いいんだよ。その……少し君と話したい」

誰かと話していたほうが気が紛れる。少なくとも自己嫌悪から解放されるはずだ。

コーヒーでも飲んで考えをすっきりさせてから、結乃花に電話をしよう。

少なくとも、昨晩のことを謝りたい。今夜は早めに仕事を切り上げて、結乃花と食事にでも行こうか……。

一度きりの交わりだったが、それが原因で結乃花に嫌われるのは耐えられなかった。

「ふふっ、社長のあんな姿、初めて見ました。ちょっと人間っぽいというか」

「どういうこと？」

「はい、私は十織専務のお仕事を主に担当しているのですが、専務はいつも言いたいこと、思ったことをそのまま言ってきます。でも、社長はなんというか、冷静沈着で完璧で、いつもなにを考えているか分からないというか……。新人の私は、話しかけるのも怖かったのですが、寝不足で仮眠するなんて、人間らしいところが見られてちょっとほっとしました。もしかして……恋のお悩みですか？」

若い秘書が冗談めかしてクスッと微笑んだ。

唯織は十織にも負けないくらいのあけすけな物言いに苦笑した。

「きみは面白いね。まぁそんな所かな？」

「え――っ。社長にも好きな人っているんですね。告白しないんですか？」

その秘書が興味津々な顔を唯織に向ける。

「好きな人はいるけど、なんというか手の届かない人だから」

これで、この話は終わりだというようにぽんとその子の頭に手を置いたとき、給湯室の入り口でカタンと音がした。二人が同時に振り向くと、給湯室前の廊下に手に小さな紙袋を持った結乃花がいた。

少し顔が青白いのは無理をさせたせいなのだろうか。

「あ……、あの、邪魔してごめんなさい……。唯織《いお》くん、これ、朝ご飯なの。お母さんが届けてって、きゃっ」

紙袋を唯織に押し付けて、逃げるように帰ろうとする結乃花の手首をぎゅっと掴む。

「結乃花、ちょっと待って。あ、きみ、悪い、コーヒーいらないから」

当惑している秘書にそう声を掛け、唯織は結乃花を引っ張り、社長室のドアを開けて強引に中に連れ込んだ。

「あの、帰らなきゃ。二人の邪魔をしちゃって……」

「……何か誤解している？　彼女は十織の秘書で、ここで仮眠していた俺を見つけてコーヒーを淹れてくれようとしていただけ」

結乃花を見下ろすと、彼女はちょっとだけほっとした様子で肩を下げた。

「その、夕べはごめん……。無理させすぎだ。その、身体は大丈夫？」

「うん……。あの、気にしないで。こちらこそ、うちの神社のためにすみません……」

「またそんなことを言う。結乃が謝ることじゃないし、正直、俺は幸運に恵まれたと思ってる」

「……えっ？」

「それ、朝ご飯？」

結乃花が、まるで唯織との間のバリケードのように胸に抱えている小さめの紙袋を見下ろした。

「う、うん。私も早めに目が覚めて……。唯織《いお》くんが明け方に自宅に戻ってから出社したと春日さんに聞いたの。お母さんが朝ご飯を食べていないんじゃないかって心配しておにぎりを作ってくれたの」

「そうか。お父さんとお母さんの様子は大丈夫？　その、俺たちが儀式で一晩過ごしたこと……」

まさかとは思うが一応確認すると、結乃花の顔がじんわりと赤らんだ。慎重に唯織と目を合わせないように視線を彷徨わせている。

「あ、うん。春日さんから聞いたんだけど、夕べの儀式の詳細な内容は、神社本庁でも禁秘抄を解読した春日さんだけが把握しているんですって。当人以外には詳しい儀式の内容は教えられないそうなの。だからお父さんもお母さんも、たぶん、私たちが一晩中舞を奉納したとでも思っているみたい。昔、神楽殿で舞ったように」

唯織はほっと胸を撫で下ろした。もちろん、唯織にとっては公になったからといってなんの問題もないが、結乃花は大事に育てられたお嬢さんだ。彼女の評判を貶めることがあってはならないと思っていた。なにより、結乃花から自分を嫌悪していない雰囲気が伝わってきた。一番気を揉んでいたことが確認できて、安堵したら急にお腹が空いてきた。昨晩あれだけエネルギーを酷使したのだから、さもありなん、といったところだ。

「おにぎりは何個ある？」

「二個かな？　唯織《いお》くんの好きな鮭と焼きおにぎり」

「じゃ、一緒に食べよう。結乃花も朝飯まだなんだろ？　おいで」

結乃花の手を握って黒い皮張りのソファーに座らせると、唯織もその隣にすとんと腰を下ろす。お風呂に入ってすぐに来たのか、結乃花からふわりと甘い石鹸の香りがして、心地よかった。

「おばさんのおにぎり、何年ぶりだろう。美味《うま》そう。結乃はどっちを食べる？」

紙袋から取り出した竹籠には、美味しそうな焦げ目がつき、シソで巻いてある焼きおにぎりと、ノリの巻かれた鮭のおにぎりがあった。厚焼き玉子も入っている。

だが唯織は、美味そうと言いながら、もっと美味《おい》しそうな結乃花に目が釘付けだった。

うーん、と悩む結乃花の横顔がどうしようもなく可愛い。昔から結乃花が近くにいると、触れたくてしょうがなくなるのが厄介だ。

「結乃花もどっちも好きだよね。じゃぁ、両方とも一緒に食べよっか」

えっと結乃花が驚いた顔を向けると、唯織は焼きおにぎりをひょいと取って結乃花の口元に持っていく。

「はい、一口」

つられて結乃花が一口ぱくっと食んだ後、唯織もその焼きおにぎりを一口食べる。

「うん、やっぱり美味《うま》い」

こうして結乃花と親し気な時間を過ごすと、まるで高校生の頃に戻った気分になる。将来、二人が結ばれることはなくても、せめて昔のような気安い関係に戻りたかった。

結乃花もなんとなく唯織と同じように思ってくれている雰囲気を感じ取る。

再会したばかりの時のように、唯織を拒絶するような張りつめた緊張感が抜けている。

「結乃の唇に米粒が付いてる……」

「えっ？」

慌てて指で拭おうとした結乃花の手首をぐっと引いた。

「唯《い》織《お》くん？」

薄い桃色のリップクリームをうっすらと塗っただけ。昨晩の名残で、少しだけぷっくり腫れた唇が愛らしい。

夕べは散々この唇を堪能したというのに、どうしようもなくまた欲しくなり、唇を重ねて米粒を舌先でぺろりと掬う。思いがけず、ちゅっとリップ音が立った。

「……っ」

「美《お》味《い》しい……」

目を真ん丸に見開いて驚く結乃花にくすりと微笑む。

これぐらいのささやかな触れ合いは許されるだろう。

結乃花が真っ赤になって何かを言おうとしたとき、唯織の胸ポケットのスマートフォンが唐突に鳴った。見慣れない携帯番号だった。

不審に思いながら応答ボタンを押すと、声の主は意外な人だった。

「春日さんだ」

唯織は結乃花に小さく呟いてから、スマートフォンを耳に当てた。春日さんが電話をしてくるなんて初めてだ。しかもこんな朝に。

「もしもし、唯織くん？　ちょっと困ったことがあってね」

「どうしました？　あ、結乃花はいま僕と一緒にいますので」

おにぎりを届けに来ただけなのに、なかなか神社に戻らない結乃花のことで心配させてしまったのだろうか。

するとと電話口の向こうから、微《かす》かに笑う声がした。

「いいえ、結乃花さんのことではありません。夜明けに唯織くんが幣殿を出られた後、少ししてから結乃花さんも出てきて自宅に戻りましたよ。ちょっと足腰がおぼつかないようでしたけど、そちらにいるなら回復しているのですね。よかった」

意味深なことを言いつつも、結乃花の事ではないということに安堵する。それなら困ったこと、というのは何なのだろう。

「大変言いにくいのですが……」

躊躇《ちゅうちょ》しながらも、儀式の見届け人として重要なことを唯織に伝えてきた。

「結論からいいますと、まだ儀式は完遂していません。足りていないのですよ」

「――どういうことですか？　昨晩、春日さんから指示されたとおり、僕たちは移しの露の儀式を行いました」

足りていない、とはどういうことなのか。どちらかというとたっぷりと結乃花の中に注いだはずだ。

「もちろん、唯織君や結乃花さんにはなんの落ち度もありません。ただ、今朝、泉を確認したのですが、まだ水が湧き出るような気配がなくて……。泉の龍神が、まだだ、と言っている気がするのです」

「泉の龍神？」

「はい、泉の脇にある古い祠《ほこら》の龍なのですが、私も神職を長くやっていると感じるのですよ。龍神がそう訴えている気がするんです。あの龍神は久龍家の先祖ですから、もしかしたら唯織君の心の中が伝わっているのかな？」

「……っ」

「ふふ、まぁそれはさておき、神様が力を取り戻して泉を元通りにするにはもう少し時間がかかりそうです。禁秘抄には、泉が湧くまで儀式を続けるよう記されていましてね」

そんなことは聞いていなかったため、唯織は鋭く息を呑んだ。

「泉が湧くまで儀式を続ける？」

唯織の言葉に、結乃花もはっとして二人は顔を見合わせた。

「はい、そうしないと効力が薄れてしまうようでして。たとえば、病気が治るまで毎日薬を飲み続けないと効き目が薄れてしまうのと同じです。今夜は二度目なので畏《かしこ》まった儀式はいりません。ただ、神楽殿で契ってほしいのです。あの場所に何かがある気がしまして」

春日からの電話に、唯織の中に困惑と喜びが入り混じる。

もちろん、唯織としてはずっと恋焦がれてきた結乃花を抱きたい。願ってもないことだ。叶うならば、毎晩のように愛を交わしたい。だが、結乃花と肌を重ねれば重ねるほど、結乃花を諦めることが難しくなってしまう。

結乃花の方も、高校生の時に彼女の気持ちを冷たく踏みにじった自分に対して、もはや恋心などあるはずがない。大切な神社のために仕方なく自分に抱かれたのだ。昨夜は半ば強引に言いくるめて抱いてしまったが、いくら神社のためとはいえ、そう何度も自分に抱かれるのは嫌だろう……。

「僕だけでは決められません。結乃花の気持ちを尊重したいので。少し時間をください」

唯織はきっぱりと言ってからスマートフォンを切ると、重たげに息を吐いた。

「唯織《いお》くん、今の……まさか？」

唯織は春日の言葉をかいつまんで結乃花に説明した。結乃花はじっと考え込んでいる。

「結乃、正直、このまま儀式を続けても泉が湧くという保証はない。並行して専門の機関に科学的な地質調査も依頼しているんだよ。なにより、儀式は結乃花の負担が大きいと思うし……」

泉のことは専門機関に委ねようと言いかけたが、意外にも結乃花が首を横に振る。

「ううん、唯織《いお》くん。私、できることならなんでもやってみたい。もちろん、科学的な分析も必要だと思う。でも、私は神社の娘だし巫女でもあるから、やっぱり神様の力も信じたいの。なによりあの泉は七神神社にとって無くてはならないものだと思うから……、だから……今夜も……」

そこまで言って唐突に口をつぐんだ。言いたいことがあるようなのに、それを言葉にしていいのかどうか戸惑っているようだった。

だが諦めたように小さな息を漏らし、唯織に申し訳なさそうな顔を向ける。

「ごめんなさい。やっぱり今のは忘れて。唯織《いお》くんの言うとおりだよね。神社のことをお願いされても唯織《いお》くんにとっては関係のないことだし、これ以上、迷惑はかけられないから儀式は止めにしよう……。申し訳ないけど地質調査のことは宜しくお願いします。……じゃあ、そろそろ帰るね。お父さんとお母さんを待たせてるの。これから二人を病院に送らないといけないし……、きゃっ」

ぱっと立ち上がって社長室のドアを開きかけた結乃花の背後から、唯織が素早くばたんとドアを強引に押し戻す。

結乃花の本心としては神社のために儀式を続けたいのだが、迷惑をかけたくないと思って遠慮しているようだ。

唯織は振り向いた結乃花を見下ろした。本能では結乃花が欲しくてたまらない。それを僅かに残った理性でかろうじて押し留めていただけだ。

これ以上交われば、自分の気持ちがもう止められなくなりそうで怖くもある。

だが、それ以上に邪《よこしま》な想いが唯織の理性を凌駕する。

結乃花を抱くことで、彼女の関心を自分に向けさせることが出来れば、きっと当分の間は他の男に目が向かないのではないか。

自分は聖人君子ではない。結乃花が他の男と恋に落ちても、彼女の幸せだけを願っていられるような人間じゃない。できることなら、結乃花の周りに近づく男を排除したい。

かといって二人は決して結ばれない運命だ。

ただひとえに神社のことを思い、気が進まないながらも儀式を続けようとする気持ちにつけ込むのは卑怯だと分かっている。

だが彼女の真面目な性格から、身体の関係があるうちは、他の男に目を向けたりしないだろう。

少なくとも当分の間は、秘密を分かち合った親密な友人、という特別な関係を続けていくことが出来る。

唯織がこんな打算的な考えを持っていると分かれば、結乃花は自分を嫌悪するはずだ。でも、少しでも彼女に儀式を続けたいという気持ちがあるなら、それを利用してでも、結乃花を手放すのを先延ばしにしたかった。

——この先どうなるかは、神のみぞ知る、だ。

それまで柔らかだった唯織の瞳に奇妙な光が宿る。彷徨《さまよ》う結乃花の視線を捉えると、真っすぐに見つめて緩やかに微笑んだ。

「——結乃花、迷惑なわけがないだろう？　それに無関係じゃないよ。久龍家は代々七神神社の氏子総代でもあるし、今は僕が引き継いでいるから、当然の義務だよ」

僅かに細めた瞳で結乃花を射抜くように見つめる。

唯織を見上げる瞳は、泉のように澄んでいた。

こんなに可愛い結乃花を他の誰にも渡したくはない。

「なにより結乃花の力になりたい。だから春日さんの言うとおり、泉の水が湧くまで儀式を続けよう。今夜、仕事を片付けた後、神楽殿に行くからそこで待っていて」

唯織は偽善者の仮面をうまく隠して、結乃花を安心させるように極上の笑みを向けた。

☆

夜になり、結乃花が境内のはずれにある神楽殿に行くと、唯織が檜《ひのき》舞台の上で結乃花を待っていた。舞台の中央には、春日さんが用意したのだろう、夕べ交わった幣殿と同じように白い絹の布団が敷かれていて結乃花は顔を赤らめた。

檜造りの神楽殿の中は、三方に御簾が降ろされ、その外側にある雨除けの木戸も閉められていた。外から中を窺うことはできず、二人だけの閉ざされた空間になる。

それでも真夏に装束を着て舞を披露する人たちのために、内部にはエアコンが完備されている。そのせいか、梅雨明け直後だというのに蒸し暑さは感じなかった。

ときおり梟《フクロウ》の鳴き声が、微かに聞こえるだけの夜の静けさが広がっている。

「結乃、おいで」

今夜は衣服を指定されていなかったため、唯織も装束を着ていなかった。自宅で寛いでいるような、Tシャツにチノパンというラフな格好だ。

結乃花もお風呂に入り、シンプルなリネンのワンピースを身に着けている。でも今夜はちゃんと着替えなども持参して用意周到に準備した。

つい昨日までは処女だった結乃花だが、二十五歳ともなればさすがに、男女の交わりについてもそれなりの知識は持っている。それでもお互いの体液や温もりが交じり合う、あんなにも淫らな行為だということは初めて知った。

見聞きするのと自分で体験するのとでは全く違う。

かなり、衝撃的だった。淡白そうな唯織がエッチの時には、凄まじく色気が増すとは思いもよらなかった。

ふと、隅の方に置いてある唯織の着替えが目に留まって慌てて目を逸らす。今夜も唯織と一夜を共に過ごすと思うと、ドキドキすると同時に、地に足がついていないような気分になる。

何を私は浮かれているのだろう。

ただ身体を繋げるためだけの形式的な儀式だ。恋人同士が肌を重ね合うのとはわけが違う。

「結乃花、おばさんは大丈夫だった?」

壁にもたれて座っていた唯織がふいに心配げに顔をあげた。

結乃花の父は当面の間、入院加療を続けることになった。その間は母親も病院の近くに泊まることになり、今夜も不在だった。

母がいれば、自分の挙動の不審さから何かを感づかれていたかもしれない。母親が当面、父親に付き添うことになって結乃花は内心ほっとしていた。

「うん、お父さんが入院している間は、病院の近くのホテルに泊まるって」

「そうか。じゃあ結乃花が夜、一人になるのが心配だな。おばさんがいない間、うちに来る？」

そう言われて結乃花は顔を赤くしてぶんぶんと首を横に振る。そこまで迷惑はかけられない。それに唯織の家に泊まるなんて、神社に務める他のスタッフや巫女さん達にも、あらぬ誤解をされてしまいそうだ。

「ううん、大丈夫。心配してくれてありがとう。自宅はセキュリティーもしっかりしているし、社務所の宿直には春日さんもいるから大丈夫だよ」

動揺する心を隠して言えば、唯織はそれ以上勧めてこなかった。

彼は舞台の壁を背に、長い片足を立てて座っている。結乃花も唯織の隣に少しだけ間を開けて腰を下ろした。

「唯織《いお》くんは家のほう、大丈夫だった？　十織やおじ様は……」

「ああ、親父はもう寝てる。十織も仕事が忙しくなってね。通勤が面倒だからと、久龍ビルのマンションに泊まっているから、自宅には帰ってないよ」

「そっか、唯織《いお》くんも仕事で忙しいのにごめんね」

するとと唯織が突然、結乃花の手をぎゅっと握る。

「周りを気にしすぎるところ、結乃花の悪い所だよ。そもそも俺は自分が嫌なことはしない」

「う、うん、分かった。ありがとう」

しばらく互いに無言のまま時間が過ぎる。

そういえば、唯織はよくこうして舞の練習の合間に、壁にもたれて休憩を取っていたっけと懐かしくなる。

この神楽殿には、結乃花にとって甘い思い出と苦い思い出がたくさん詰まっている。

甘い思い出は、小さな頃から毎年、唯織とここで舞の練習をしていたことだ。凛々しい唯織が装束を身に着けるとかなり人目を引いた。唯織が舞う祭の夜は、女の子たちがたくさん集まっていたことを思い出す。

苦い思い出は、なんといっても宵宮祭の夜だ。結乃花がここで盛大に失恋したことを唯織は覚えているのだろうか。

「懐かしいな……」

唯織がぽつりと呟いた。

いったい何を思い出しているのだろう。

十織や結乃花たち、ほかにも大勢の子供らで無邪気に舞っていた小さな頃の事だろうか。

唯織に片思いして玉砕した女の子はたくさんいる。結乃花もそのうちの一人にすぎないのだから、夏祭りの夜のことなど、唯織の記憶から綺麗さっぱりと消えてしまっていてもおかしくはない。

そう思うと悔しくて、結乃花はつい嫌味っぽく言ってしまう。

「そう？　私はあまりいい思い出がないから」

すると唯織が片眉をあげて結乃花をじっと見た。唯織のせいではないのに、そんな言葉を吐いた自分に嫌気がさす。

だが唯織は何を思ったのか、うっすらと口元を引き上げた。

「へぇ？　それなら新しく塗り替えればいい。手伝うよ」

「え？　あっ……！」

ぐっと引き寄せられ、すごい力で布団の上に押し倒された。見上げると、唯織の顔がすぐそばにあり、心臓がどくんと跳ね上がる。

「い、唯織《いお》くん？」

「結乃花の嫌な記憶、俺がいいものに上書きしてあげる」

「……あ」

首筋に唇を押し付けられて身体がピクンと戦慄いた。生温かな感触に震えながらも、やっぱり唯織は忘れてしまっているのだと思い知る。

唯織は結乃花にその嫌な記憶を植え付けた当の本人だ。上書きされようとも、忘れられるわけがない。心ではそう思いながらも、身体は簡単にほだされる。

夕べの甘い感覚が蘇《よみがえ》り、唯織の唇が首筋を辿るたびに肌がじわりと熱くなる。淡く口づけを繰り返されると、どうしようもなく切なくなり、唯織の首に手を回して引き寄せた。

今はただ、なにも考えずに唯織に愛されたい。

結乃花は自分から舌を差し出し、唯織のそれと絡め合わせた。たっぷりと濡れた舌が結乃花の舌を迎え入れるように掬い取り、互いにもつれ合いながらキスに没頭する。

低い吐息が、思ったより荒々しく耳に響いてゾクゾクする。唯織は呼吸さえも艶めかしい。

「んっ、唯織《いお》く……」

――鼻の奥がツンとする。

泣きたくなるほど好き。ただ唯織がどうしようもなく好きなのだ。

甘い記憶も苦い記憶も、それが唯織とのものならば、どうしたって忘れられるわけがない。

「積極的な結乃花も好きだよ」

「……ッ」

唯織の好きは、結乃花の好きとは違う種類のものだ。それでも唯織から囁かれれば、単純な心は嬉しいとしっぽを振る。

「今夜もたっぷりと可愛がってあげる」

ぷちぷちとワンピースのボタンをはずし、唯織はブラのカップを引き上げた。まろく盛り上がった白い双丘が、ふるんと踊るように飛び出した。

濃い桃色に色づいた蕾は、今にも触れて欲しいと言わんばかりにつんと角ぐんでいる。

「どうしてこんなにエロく育ったのかな。結乃花は」

「ひぅん……」

恥ずかしげもなく勃ち上がった両方の乳首をキュッと摘まれ、快感に身を震わせる。

唯織は下から乳房を押し上げると、唇をすぼめて赤く色づいた蕾に口を近づけた。

——うそ。

先っぽを、吸われている。

含まれた瞬間、じんとした快感のさざ波が押し寄せた。

乳房を口に含む唯織が酷くいやらしい。とてつもなく淫らで、恥ずかしくて見ていられない。

ちうっと吸いあげられ、舌が敏感な胸の頂を掠めると、お腹の奥がキュンとした。

「あぅ、やぁっ……、そこは、んっ」

「可愛い、コリコリして堪らない」

言葉どおりに口の中でコリコリと転がし、しゃぶられる。もう片方の乳房も同じように含み入れられ、結乃花は息も絶え絶えに身悶えた。

生温かな舌の感触が、言葉にならないほど気持ちいい。

「あぁっ、唯織《いお》く……」

「結乃がこんなに感じやすいなんて思わなかった」

まるで悪いことのように言われて結乃花は羞恥のあまり、身を捩《よじ》ろうとした。それも唯織に難なく阻止されてしまう。

「誤解しないで。それがいいんだよ。俺を欲情させているんだから」

唯織は笑みを浮かべて唇を重ねてきた。結乃花の舌が蕩けそうなほど、男らしい肉厚な舌で口内を愛撫する。夕べ知ったばかりの唯織の味は、性に不慣れな結乃花を快楽に溺れさせるには十分だった。

空調の音をかき消すような、淫らで粘着質な口づけの音。

唯織の体温と溶け合うようなキスに早くも酩酊されられていると、身体がすぅすぅしているのに気が付いた。

いつの間にか前ボタンのワンピースをすっかり脱がされ、ショーツだけにされている。

「今日は紐じゃないんだね。結乃花はああいう色っぽいのをいつも履いているのかと思った」

唯織がクスリと声を漏らした。結乃花は堪らずに、その部分を隠すように足をすり合わせる。

「……いつもはごく普通のです。昨日はたまたま可愛い下着が届いたから」

実をいうと、ここに来る前も下着を何にするかものすごく迷ったのだ。

今夜は儀式とはいえ、ありていにいえば、エッチすることが目的だ。気合の入った下着を見られるのは恥ずかしい。かといって、普段用の下着を着ける気にはならなかった。

結乃花は神事の時には、おろしたての下着を身に着ける。今日はしまっておいた新しい下着の中から、上品なシルクの下着を身に着けた。

「どんな下着を着けていても結乃花が可愛いことには変わりがないよ」

唯織が下腹部に手を伸ばし、愛でるようにクロッチ部分を優しく撫でた。秘めた部分は、いつの間にかしっとりと潤っている。

思わず脚をぎゅっと閉じ合わせると、唯織にダメだよ、と囁かれる。

だが、そう言われるまでもなかった。軽く撫でられただけで足から力が抜けてしまったからだ。

布越しに、ぴったりと閉じたあわいをゆっくりとなぞられる。

それが殊のほかぞくぞくして、気持ちよさに喉を鳴らしてしまう。

「ここ、弄《いじ》られるの好き？」

涼しい顔で見つめられて、結乃花は顔を赤らめて首を横に振った。

素直に気持ちいいと言えるほど、まだ唯織との性交に馴染んでいない。

「じゃあ、これはどう？」

唯織は結乃花の言葉を真面目に受けとったようだ。

ショーツのクロッチをずらされ、骨ばった大きな手の温もりをじかに感じて息を呑む。

男らしい指が、淡い茂みを掻き分けて襞の奥に沈みこんできた。襞の中はまるで満ち潮のようにぐっしょりと濡れている。

「あ……、や、そこ……、んっ」

「すごい濡れてる」

――恥ずかしい。

ごつごつした指で花芽を捉えられ、声も出せずに身体が固まった。

形をなぞるようにぬるぬると愛撫されれば、今度は喘ぐことしかできなかった。

「あぁぁっ……ッ」

視界が弾けて、一瞬で達してしまう。

とめどなく溢れる快感を我慢できずに、身体中のあちこちで、ぴくぴくと神経が打ち震える。

「結乃は、布越しじゃなくじかに可愛がられる方が好きなんだね」

蜜で濡れた指を嬉しそうに舐める唯織に、そういう意味で首を横に振ったのじゃないという思いが湧き上がる。でも、ここで下手に否定すると、さらに結乃花が考えもつかない淫らなことをされてしまいそうだ。

「俺も直接触れるほうが好きだよ。結乃花のココが嬉しそうに震えているのが分かるからね」

「……うそっ」

「ほんと。小さいのに俺の指で感じてぴくぴくして可愛い」

それがどんなふうに唯織に伝わっているのかと思うと、考えただけでも顔から火が吹きそうだ。だが、実際には顔を赤らめる時間もなく、唯織にショーツを手早く下げられた。

「ひゃっ、唯織《いお》く……、やっ、だめっ……、あぁっん」

「指よりも、舌で感じさせて」

膝裏を高く持ち上げられて、秘部が唯織の眼前に晒される。淡いダウンライトとはいえ、照明の灯された室内で無防備な体位にされ、剥き出しになった秘部をじっくりと見られていると思うと堪らない。しかも夕べの感触が蘇り、温かな舌がそこに触れると思っただけで、お腹の奥がキュンと痺れて愛液が滴った。

「ここは待ちきれないようだよ」

クスッと笑みを漏らした唯織の舌先が触れた。

とろりと甘蜜を掬い上げ、秘めやかな襞を掻き分けるようになぞっていく。

「ああ、だめっ……、くふっ……んんぅっ……」

——熱い。気持ちいい……。

瞬間、クラクラとのぼせたような眩暈がして、腰から下の力が抜けていく。

「う……ん、結乃、甘い」

花びらを丁寧に、一枚一枚、解きほぐすように愛撫を深めていく。

無防備な秘所で、舌が蠢くたびにぞわぞわする。

——もうだめ、もうだめ……ッ。

お腹の底に力を入れて抑えようとしても、快感を我慢できない。あまりの気持ちよさに神経が灼き切れておかしくなってしまいそうだ。

唯織の指が花びらを割り開き、敏感な粒を露にした。

あっと息を呑んだときには、遅かった。唾液と蜜をたっぷりとのせた舌のひらが、小さな蕾をすっぽりと覆う。

「だっ……、ひゃぁ……んっ」

熱い舌のぬめりに包まれ、小刻みに芯をゆさゆさと揺らされる。

しまいには口の中に余すところなく含まれ、舌先でくりくりと嬲られた。

快楽に未熟なそこに巧みな舌技を繰り出されれば、たまったものではない。全身が溶けそうなほどの愉悦が溢れて結乃花の意識を高みに飛ばす。

「ああっ……、だめぇっ、そこ、あんっ、イっちゃ……、あぁっ」

「イっていいよ」

とどめとばかりに、敏感になった淫芽をちゅうっと吸われて甘噛みされる。

「――ひぁあ……ッ……」

目の前で星が散り、一瞬で真っ白になった。

まるでお漏らしを止められない子供のように、秘唇が蜜汁を吹き零しながらヒクヒクと激しく痙攣した。

「ふぁ……、あ……、はぁッ……」

「イけたね、いい子。こっちも解しておこうか」

「やっ……そこはだ、んっ」

結乃花の中にゆっくりと指が押し入ってきた。唯織の長い指は関節がごつごつして、蜜襞に擦れるたびに気持ちが良くてうっとりする。秘芯を愛撫されているときとは違う。身を委ねてしまいたくなるような甘い感覚が全身に広がってきた。

「夕べあんなに慣らしたのにもうキツくなってるね。ここは物覚えが悪いのかな?」

いつの間にか指を二本に増やされている。

それでも、唯織の指の動きはまろやかで優しい。口では意地悪を言いながらも、可愛がるようにゆっくりと抜き差しされるのが堪らなくいい。

「あっ……、あ、あんっ」

「可愛い、もう、ぬちょぬちょ」

結乃花の身体は蕩けきっていた。絶頂のすぐ後のぽうっとした頭では、何をされても気持ちがいいとしか考えられない。

気が付くと、唯織もTシャツとチノパンを脱いで逞しい裸身を露にしていた。結乃花の目の前に、硬く張りつめた唯織のモノがさらけ出される。

——えっ。大きい……。

結乃花はごくりと息をのんだ。

昨晩の唯織もこんなに大きかったの? 夕べはあまりに暗くてじっくりと目にしたのはこれが初めてだ。

——こんなに大きなものが入るのだろうか。

卑猥で赤黒く隆起したモノが、重たげに揺れている。

「結乃、そろそろ挿れるよ。俺も結乃花をたっぷりと感じたい」

色気のある声で言われ、昨夜の唯織の感触が蘇ってきた。

怖くもあるが、結乃花も唯織と繋がりたいと思う。

「結乃花のいい所、たっぷり突いてあげるから気持ちよくなろうな？」

「やっ、唯織《いお》く……、恥ずかしい」

「素直に乱れていいんだよ」

耳元に吹きかかる淫らな言葉に、くらくらする。

たっぷりと突かれたらどうなってしまうのだろうと考える。すると蜜壁がじくんと疼いて愛液がとろりとだらしなく溢れてきた。まるで期待をしているみたい。

唯織の言葉の破壊力に、結乃花はかぁっと肌を火照らせた。

「今夜は深く繋がってみようか」

「え……、ひゃぁんっ」

ごろんと身体の向きを変えられて、お尻を高く引き上げられる。気を許していた隙をつかれ、慌てた時には背後から唯織の昂りが蜜口に押し当てられた。

「ひっ……ぃん」

くぷっと音がして、熱く脈打ちながら大きな質量が入り込んでくる。

夕べ交わった時よりも、さらに長大なモノを押し込められているようだ。

体位が変わるだけで、こんなにも感覚が違うのだろうか。

尻肉を両手で掴まれ、肉襞を押し開くようにゆっくりと押し進んでくる。慣れない挿入は苦しいけれど、唯織とひとつになれると思うと、結乃花の心も満たされていく。

淫らにお尻を突き出したまま、敏感な秘壺が優しく甘い快感に包まれる。

ゆっくりと入り込んでくる唯織を感じて、全身が快感に打ち震えた。

「――ッ、結乃花の中、どうしようもないほど気持ちいい」

「ひゃ、ぁん……ッ」

唯織を中ほどまで収めた蜜洞が、嬉しげにギュッと彼を喰い締める。括れたエラの形や肉棹の逞しさをありありと感じ、それだけで軽くイってしまう。

小さな頃から唯織とともに過ごした神聖な神楽殿。

その場所で、唯織の太い槍で後ろから貫かれているのだと思うと、卑猥極まりない悦楽がせり上がってくる。

「あっ……、ハァ……ッ」

「く……、結乃花の奥、キツっ……」

唯織はいったん肉竿を引き、狭い入り口に馴染ませるように揺らしながら抽挿する。

その緩慢な動きが艶めかしくて、よけいに唯織の形をありありと感じてしまう。

唯織も堪えきれなかったのか、ぐいっと大きく腰を引くと重みをかけて押し入った。

「ひゃんっ……！」

「ああ、結乃……っ」

　とうとう最奥で繋がり、その瞬間、結乃花は尻を震わせ甘い声をあげた。唯織も悩まし気に息を吐く。互いを感じて、二人の呼吸がひたりと止まる。

　蜜洞だけでなく、五感全てが唯織で満たされた。あまりの素晴らしさに声も出ない。生々しい唯織自身に貫かれ、ひとつに繋がっているのだと思うと、それだけで涙が零れそうになる。

「ハッ……堪らない……。結乃花の中、よすぎる……」

「唯織《いお》く……、う、動いちゃ、やぁっ……んッ」

「そういう訳にもいかない」

　唯織は埋め込んだ屹立をゆっくりと引き抜き、再びゆっくりと押し入った。熱く滾った肉幹で、結乃花の蜜洞を甘く揺すり上げる。

「ん？　結乃、どこを擦ると気持ちいい？」

　背後から好物を聞くように言われて、結乃花は涙目でふるふると首を横に振る。これ以上の快楽を与えられれば、結乃花の身体まで唯織なしでは生きていけなくなってしまう。そうなったら怖い。心はすでに、唯織なしでは生きていけないのだから。

「だめだよ、結乃。ほら、ちゃんと言ってごらん」

　唯織は引き抜いた亀頭を蜜口に充《あ》てがった。深い挿入の期待感に膣壁がヒクヒクと戦慄く。だが、中には挿入《はい》らずに、淫唇に意地悪く幹を擦り付け、焦らすようにぬちゅぬちゅと揺らし始めた。

「あ……、や、そこ……ちがっ……、んっ」

「ん？　結乃、どこに欲しいの？」

挿入《はい》りそうなのに、挿《い》れてくれない。

蜜口から物欲しそうに透明な涎が滴りたらたらと太腿に伝う。

「ほら、言ってごらん？」

くぷりと音が立ち、甘蜜を絡めながら先っぽだけで浅く蜜壺を捏ねまわす。再び全てを引き抜かれそうになり、まるで行かないでと言わんばかり、結乃花は唯織をきつく締め付けた。

「やぁっ、だめ。……っおく、奥がいいの……」

はしたなくも尻を振り、淫らな仕草で唯織に奥へと催促する。秘所が丸見えになっているのも構わずに、ただ唯織を深いところで感じたくて必死だった。

「――っ、いい子。ご褒美だよ」

その言葉と同時に、唯織が尻を両手で掴んで、先ほどよりも深く突き上げた。待ち焦がれた圧迫感に、胎の底が歓喜に騒めいている。

太くて熱いモノ。唯織の形がぴったりと馴染んで密着する。

「結乃花、分かる？　俺が結乃花の中にいるの」

ここ、と分からせるように下腹部を撫でられた。結乃花の内側で唯織の熱が生々しく、どくりと脈打っている。

結乃花は声も出せずにこくこくと頷いた。唯織は背後から結乃花に覆いかぶさり、うなじに口づけながら大胆に腰を動かし始めた。

片手で結乃花の乳房をやわやわと可愛がるように弄び、陰茎をゆっくりと引き抜いては、奥深くに挿入する。

亀頭のエラが媚肉を甘くなぞるたびに、結乃花は身を震わせた。濃厚な快楽に肉襞がなんどもキュッと唯織を締め付ける。

唯織のストロークも、どんどん勢いづいて呼吸も荒くなってきた。

卑猥な打擲音が神楽殿の中に鳴り響いて止まらない。

唯織は尻肉を掴んで腰を回すように動かし、結乃花の感じるところを集中的に突いてくる。

「あ……、そこっ、深い……ん……っ」

「……っ、奥、吸いついてくる。――堪らなくいいよ」

抉るように蜜奥を掻き回され、結乃花は甘い悲鳴を上げる。後ろからぱしゅんと深く突かれるたびに、背筋が強烈な快感に戦慄いた。

唯織が恋しい。こんなにも愛しい。

「いおく……、唯織《いお》くん……ッ」

「ああ、結乃花、可愛い。一緒に……、くッ――」

唯織が呻きながら上半身を逸らし、グッと結合を深くして腰を震わせた。硬く張り詰めた熱棒が爆ぜ、白濁がどくりと溢れ出る。媚肉が美味しそうに唯織を喰い締め、きゅっと蜜壁が収斂《しゅうれん》した。

唯織から流れ出る熱を奥深くに感じ、嬉しさで目の前が涙でふやけてくる。

「っ結乃花、まだ……でる」

唯織が呻きながら最後の一滴まで絞り出すように腰を揺する。深いところで夥《おびた》しい欲情が迸っている。唯織だけが触れられる場所。結乃花が恋しい人にだけしか明け渡さないとっておきの場所だ。

「ふぁっ……、唯織《いお》く、だいす……」

抑えがたい思いについ本心を漏らしそうになり、結乃花はその言葉をあやうく呑み込んだ。

伝えなくていい。伝わらなくていい。

今はただ、唯織から迸る熱を受け止めているだけで、泣きたいほど幸せなのだ。この瞬間だけは、唯織を自分のものにできるから。

奥深くに唯織の脈動を感じながら、結乃花はゆっくりと陶酔の波間に堕ちていった。

第四章　吉報と凶報

「結乃花、おはよう。そろそろ起きられる？」

耳元で呼びかけられた結乃花は、夢見心地のままゆっくりと瞼を開けた。

神楽殿は朝の爽やかな空気に満たされている。木戸は外され御簾だけが下りて、外から涼しい風がそよいできた。ぱちぱちと目を瞬くと、すぐ隣に唯織が添い寝しており目を細めるようにして結乃花を見つめている。

全身気だるさに包まれているが、頭はすっきりしていて嫌な感じはない。

よく見れば、唯織はすでに着替えている。もしかすると今朝も早く起きて結乃花の身体を拭いて清めてくれたのだろうか。

「結乃花は寝起きから可愛いな」

そう呟きながら、唯織は顔を近づけて結乃花の唇に自分の唇を重ねてきた。

「んっ……」

寝起きに唯織とキスしているなんて信じられない。さらに言えば、ただの寝起きじゃない。情事の後の朝なのだ。

唇と舌先でほんのり触れあう軽めのキスだが、今までにない親密な絆が生まれたような気がしているのは、結乃花だけだろうか。神楽殿で契ったことで、唯織の言ったとおり少しだけ結乃花の何かが上書きされたような気がした。

それでも自分は唯織への想いを捨てられずにいるが、男性は愛している女性とでなくても性的な行為ができるものだと思い至る。

唯織は義務感から抱いてくれたのだろうが、それでも身体を繋げた後の翌朝に、そっけなく別れるより、こうして余韻たっぷりにキスしてもらえるのは嬉しい。

唯織が満足げに吐息を漏らしてから苦笑した。

「ずっと寝かせてやりたいけど、誰かが来ても困るから」

結乃花は顔を赤らめてこくりと頷く。

確かに父母はいないが、早番の神職さんとかち合うとまずい。

用意しておいた衣服に結乃花が着替えている間に、唯織が手早く神楽殿の中を片づけてくれた。

「唯織《いお》くん、お仕事は？」

「うん、今日は土曜日だしね。久しぶりに休むよ。これから一緒に泉を見に行かないか？なにか変わっているかもしれないし……」

何か思うところがあるのか、顎に指をあててじっと考え込んでいる。

唯織は氏子総代としてひとえに神社を支えてくれているが、もともと神頼みをするタイプではない。理系脳というのか、非科学的なことは信じない性格だ。それなのに、小さい頃から自然の力を感じ取れる第六感のようなものがあって、夕立が来る前には雨が降るよ、とか、雷が来るよ、とよく教えてくれたものだった。

その唯織が何かを感じて言うのであれば、もしかしたら泉になんらかの変化があったかもしれない。

「うん、一緒に見に行ってみよう」

二人はまだ朝靄《もや》の残る中、神楽殿を後にして泉に向かう。

唯織がごく自然に結乃花の手を取った。ときおり涼やかに鳥が囀《さえず》る神社裏手の杜の中を、二人は肩を並べてのんびりと歩いて行く。

その間も、結乃花の手は温かくて大きな手にすっぽりと包まれている。自分の体温が唯織の温もりに溶けている感じがして、すごく心が落ち着いた。

二人で手を繋いで神社の杜を歩くなんて、幼稚園以来のことだ。あの頃は手を繋ぐ意味など考えたこともなかったのだが、今日、こうやって手を繋いでくれたことに意味があるのだろうか。

すぐ隣を歩く唯織の本心は分からない。それでも、高校生の時のように結乃花のことをただ迷惑、とまでは思っていない気がする。

父親も入院してしまい、家族も神社も窮地に陥った結乃花を気遣って、普通なら到底受け入れがたい儀式にも協力してくれた。

唯織は誠実で自分がすべきことを心得ている。でも結乃花はその善意を利用し、彼の義務感に甘えてしまっている。

それでもこうして手を握られれば、自分から振りほどける勇気はない。なにより、この儀式を続けているうちは、唯織の温もりを独り占めにできる。

そう考えてしまう自分の狡さが嫌になる……。

「あの木、覚えてる？」

ふいに声を掛けられ、唯織が指さしたほうを見ると、ひと際大きくまっすぐな木があった。その幹には、見覚えのある切り傷が横に三つほど入っている。

「うん、幼稚園の時に、唯織《いお》くんと十織と私で背くらべしたときの傷だよね。神社の木に傷をつけてしまって、お父さんにすごく怒られたっけ。私と十織が言い出しっぺでやったことなのに、唯織くんは自分がしたと庇《かば》ってくれたよね」

「懐かしいな。あの頃と変わらない」

「うん……」

そう。変わったのは唯織だ。結乃花には想像もつかないほど魅力的で洗練された大人の男性になってしまった。

大きな会社を背負っているせいか、責任感や包容力といったものが、自然と身のこなしからも溢れている。ただの神社の娘、田舎者でなんのスキルも魅力もない結乃花には、到底手の届かない人だ。

もし今日、泉の水が湧き出していれば、二人の親密な儀式は終わりを告げる。肌を重ねた翌朝、唯織の隣で心地よく目覚め、彼と手を繋いで歩くことなどもう二度とないだろう。

泉が再び湧き出すのを心から願っている半面、結乃花の手を握る唯織の温もりが離れていくのだと思うと正直、怖かった。

「このまま……」

ずっとこうしていられたら。結乃花はひそかに希《こいねが》う想いを告げようとする。

「ん？　何か言った？」

「う、ううん。なんでも」

慌てて首を振って、思わず漏れた本音を胸の奥に封じ込めた。

——どうか唯織に悟られませんように。

唯織には好きな人がいるのだ。昨日の朝、おにぎりを会社に届けたときに偶然、聞いてしまった。唯織は、秘書さんに聞かれて答えていたではないか。

好きな人がいる。手の届かない人だと。

東京に残した恋しい人だと想像はつく。唯織の片思いなのかもしれない。ひたむきな唯織は、ずっとその人のことを想っているのだろう。

考えたくはないが、夕べもその前も、恋しい人のことを想いながら自分を抱いたのかとも思う。大人になった唯織がどんな風に女性を愛撫して、どんなふうに満たすのかを知ってしまったからには、離れがたい想いだけが募ってしまう。唯織に灯された熱はそう簡単に消えてくれそうにない。

結乃花はなんだか、泉を見るのが怖い気持ちになってきた。

もし、泉に変化がなければ今夜も儀式を続けることになる。浅はかではあるが、ふたたび肌を重ねられると思うと、心臓が震えだしそうなほど心が甘く疼く。

結乃花は名も知らぬ唯織の想い人に、懺悔《ざんげ》する。

どうか儀式を続けている間だけ、唯織と肌を重ねる許しが欲しい。

いつかは醒める夢だ。傷は浅い方がいいに決まっている。それでも、今この時だけでも、唯織の大きな手に包まれる温もりを独り占めしていたかった。

「もうすぐだな」

背の高い木が立ち並ぶ細い小径を進むと、ぱっと視界が開けた場所になる。

千年の昔に水が湧き出たという伝説の泉だ。

先日まで干上がっていた泉をのぞき込むが、朝が早いせいかうっすらと靄がかかっていてよく見えない。

二人の視線の先に、朝靄の中から浮かび上がるように、誰かが佇んでいるのが見えて結乃花はぎょっとする。

「春日さん？」

唯織が驚いた声を上げた。

龍神の祠の傍らに佇んで、神妙な面持ちで泉を眺めていたのは春日だった。二人に気付くと、にこやかに笑みを返して来た。

「ああ、お二人ともおはようございます。結乃花さん、お身体は大丈夫ですか？」

「あ、はい。ありがとうございます」

結乃花は内心の動揺を隠して微笑んだ。

正直に言えば腰は重く、二晩続けて身体を繋げた唯織の名残もあり、いつものようには歩けない。すると唯織が握る手にそっと力を込めてきて、結乃花ははっとした。

——もしかして、神楽殿を出る時から私の身体を気遣ってくれていた？

よくよく考えると、神社の中にあるといってもここは杜の中だ。泉に続く道も、足元には大小の石ころや小枝が落ちていて気をつけて歩かないと転んでしまう。

傍から見れば結乃花はいつもどおりで、歩き方には変わりはない。でも唯織は自分のほんの小さな変化に気が付いて、さりげなく手を繋いでくれたのだ。

そう気が付くと、また唯織を好きな気持ちが増えていく。

あまりにじっと唯織を見つめているものだから、どうかした？　と問いかけるような眼差しを向けられた。

結乃花は慌てて、なんでもないと目を逸らす。

思い過ごしかもしれない。けれど、恋人同士ではないにしろ、親密な時間を分かち合った者同士だけが纏う、ちょっとだけ甘いような空気が二人の間に流れている。

そんな気がして、結乃花も唯織の手をほんの僅か、自分だけにしか分からないように
そっと力を込めて握り返した。
だが、それにも気付かれてしまったようだ。唯織は、一瞬、驚いたように目を見開いた
後、結乃花に応えるように柔和な微笑みを向けてから、春日に声を掛けた。
「泉はどうですか？　何か変化があるかもしれないと思って僕たちも来てみたんです」
「ええ、見てください。分かりますか？　底の方」
結乃花と唯織は、春日が指をさした方に屈んで覗き込んでみた。
不思議なことに、すぅっとそこだけ靄が晴れて泉の底が露になる。
からからに干からびていた水底の岩がしっとりと濡れている。朝靄のせいではなく、確
かにじんわりと水が湧き出ているように見えた。
「唯織《いお》くん……！　泉の水が湧き出している……！」
結乃花は自分が見ているものが信じられずに、片方の手を胸に手を当てた。
泉が、ようやく息を吹き返してくれた。
今は僅かしか湧き出ていないが、数週間もすれば元通りになるのではないだろうか。
嬉しさと同時に、どろりと濁った感情が込み上げた。
泉が湧きだしたということは、もう儀式は終わり。
やはり唯織の第六感は当たっていた。恋人気分で甘い雰囲気に浮かれていた結乃花の心
は、一瞬で奈落の底に突き落とされる。

唯織に灯された、心と身体に残る火を消さなければいけない。

たった二日の出来事なのに、唯織と過ごした夜はあまりに濃蜜で、結乃花の胸を掻き毟《むし》る。一度でも唯織に抱かれれば、それを一生の想い出に生きていけると思っていた自分はなんて浅はかだったのだろう。唯織への恋慕を断ち切ることが出来ずに目頭が熱くなる。

――今は泣いちゃダメ。変だと思われる。

自分の感情より泉が湧きだしたことを喜ばなければ。

泉が枯れてしまってからの神社は目も当てられない状態だ。入院している父親も、この吉報を聞けば回復も早くなるだろう。

なにより、唯織を気の勧まない義務から解放してあげることが出来る。

結乃花はようやく踏ん切りをつけ、自分から繋いだ手を解《と》いた。

もう唯織との繋がりは何もない。まるで二人の縁が断ち切られたように感じてしまう。

唯織への失恋は、人生で一度だけでも十分だ。だが、思いがけない二度目のサヨナラに、酷く心を抉られた。前の時より重症だ。

駄目だと思っても、とうとう涙が突き上げてきた。泣きじゃくらなかったのだけ、まだましかもしれない。

結乃花は悲しくて泣いているのだが、幸い唯織は嬉しさのあまり泣いていると勘違いしてくれたようだ。

「よかったな。結乃……、おいで」

「唯織《いお》くん……っ」

唯織がいったん離れた結乃花の手をグイと引いて自分の胸に引き寄せた。

包まれた胸板は昨夜と変わらず逞しくて、ほんのとり檜葉の香りが漂った。結乃花はぎゅっと目を瞑り、唯織の香りを胸いっぱいに吸い込んだ。この香りを嗅ぐのも、もうこれが最後だろう。そうして顔を埋めていると、頭頂部に何かが押し当てられる感触がした。

――まさか、キスされている？

いいえ、きっと気のせいだ。

結乃花には未練はある。だが、唯織はようやく氏子総代として肩の荷が下り、ほっとしていることだろう。

なんとか涙を止めると、結乃花は少し俯きかげんにぎこちなく微笑んで唯織から離れた。

「唯織《いお》くん、ごめんね。あの、本当に……色々ありがとう」

唯織はそれには答えず、代わりに春日が横から声を掛けた。

「結乃花さん、良かったですね。社務所に唯織くんのお父さんも来ていましたから、知らせてくるといいですよ。私は唯織くんと今後のことを少し話したいので」

「……はい。じゃあ、皆さんに知らせてきますね」

春日がいってらっしゃいとにこやかに頷く。

結乃花も二人に笑顔を見せたが、ほんの僅かに唇が震えてしまう。ぎゅっと下唇を噛みしめてから、二人に軽く会釈して社務所に戻っていった。

その後姿を見送った後、唯織は春日に向き直った。

「……この泉、本当に大丈夫なんでしょうか」

少しばかり訝《いぶか》りながら、春日に問う。

結乃花が涙を零して喜んでいる手前、その気持ちを削《そ》ぐようなことは言えなかったが、かつての泉とは、明らかにそのパワーが違うような気がしたからだ。

「ほぉ。お分かりになりましたか。さすがは久龍家の一の龍ですね。なかなか鋭い」

春日の顔が曇ると、また朝靄がどこからともなく流れてきて泉を包んだ。

「この様子では、水が湧いてもせいぜい水深二、三センチくらいでしょう。また干上がるのは時間の問題です。もちろん、いい兆しではありますす。唯織くんと結乃花さん、二人のおかげでなんとか持ち直しかけている。ただ……」

「ただ？」

「多分、何かが足りないのです」

「何かとは？」

「それは私にも分かりません。泉の気を感じるだけなんです。何が足りないか――。それが分かるのは、この泉と深い繋がりのある久龍家の一の龍、つまり唯織くんだけのような気がします」

「僕が、ですか？」

唯織は驚きながらも眉を顰《ひそ》めた。確かにこの泉の龍神は久龍家の先祖だと言われている。だが、唯織にだけしか分からないと言われても、何が足りないのかなど全くピンと来ない。それが分かれば結乃花のために、真っ先に調達するはずだ。

そもそも唯織は、神社の氏子総代を務めてはいるとはいえ、科学的に説明できないものを信頼していない。

「僕には分からないな……。地質調査も依頼していますから、何か科学的な根拠が出てくるかもしれません」

「まぁ、泉にも少しですが変化が見られましたし、当面は様子を見ることにして、暫《しばら》く儀式は休みましょう。もしかすると、ひょんなことから状況が好転するかもしれません。焦りは禁物です。それに唯織君にも結乃花さんにも休息も必要でしょうからね」

ふふっと目を細めた春日に、唯織の片眉がぴくりと上がる。

意味深なその言葉に、唯織は改めて春日をじっくりと見返した。彼は涼やかな顔で、また熱心に泉の底を覗いている。

この泉を蘇らせるための秘儀の内容を知るのは、この春日と、唯織、結乃花の三人だけ。春日は神社本庁では位の高い要職に就いていると聞いている。

数多《あまた》ある日本全国の神社の儀式の中でも、秘儀を担当していると紹介された。

つまり彼は、唯織と結乃花が二晩続けて『移しの露』の儀式、ありていに言えば性交《セックス》をしたことを承知している。なにしろ数百年前から伝わる禁秘抄を解読した当人なのだから。

けれども、唯織が結乃花をどんなふうに、どんな気持ちで抱いたのかまでは知らないはずだ。

――焦りは禁物です。

春日が指摘したとおり、確かに唯織は焦っている。彼に心の中を見透かされたようでぎくりとした。

どうしても結乃花を手放したくない。

自分の腕の中にすっぽりと収まる甘い肌の感触を知らなかった頃には、もう引き返せない。まさに八方塞がりだ。

本当にこの龍神が先祖なら、少しは自分の苦悩を分かってくれてもいいだろうに。

唯織は重い溜息を吐くと、泉の傍に佇む龍神の祠に恨めしげな視線を送った。

☆

「それでは皆さん、宮司の退院と健康、七神神社の幾久しい繁栄を祈念して――」

唯織の父である久龍貴織が、神社に集まった氏子会の面々を見渡した。

「弥栄《いやさか》、弥栄、弥栄ぁ――」

神社独特の万歳三唱の掛け声を、集まった氏子たちと一斉に唱和する。

大きな拍手が沸き、どの氏子も満面の笑顔を浮かべていた。

二週間前に泉の水が再び湧き出したこと、結乃花の父が退院したことを兼ねた祝いの会が、社務所の大広間で盛大に開かれている。

「結乃花、氏子さんたちにお神酒を持っていってくれる？」

「はーい」

台所では母と婦人会のメンバーが、朝からこの準備に大わらわだった。午前中は、泉の水が湧いたことを神に感謝する神事が行われ、結乃花も巫女として舞を奉納し、宮司である父が祝詞を奏上した。

今は少し早めの昼時だ。神事の締めくくりとして、参列した氏子たちと一緒に、神前に供えた御饌御酒《みけみき》という供物を戴く、直会《なおらい》という懇親会が開かれている。

テーブルに並ぶ美味しそうな弁当は婦人会の皆さんによる手作りだ。

久しぶりに氏子たちと話をしている父も嬉しそうだ。

ようやく数日前に退院して、神社の職務をこなせるまでに体力も回復した。神社の運営もほぼ元通りできるようになり、母も結乃花もほっと安堵した。

これで泉が以前のように湧き出てくれればいいのだが、相変わらず水の量は増えず、ちょろちょろと染み出している程度だ。そのせいか観光客や結婚式の客は戻ってこない。

完全に復活したとは言い難いが、それでも神に感謝の儀式を行うことで、きっといい方向に運が向くだろうと誰もが思っていた。

もともと、この直会には、神事を終え元に戻る、という意味が込められている。

　単なる酒宴に思えても、神前にお供えしたお供物と同じものを食べ飲みし、神の力を分けてもらって元に戻るという願いを込めて行われるものだ。

　今日の直会には、氏子総代の役職を息子に譲り、名誉会長となった唯織の父、秘儀を取り仕切った春日も出席して、それぞれに談笑していた。

　だが、肝心の氏子総代の席がぽつんと空いたままだ。

「結乃花、もうすぐ総代の唯織君も来られると思うから、そろそろお神酒とお猪口《ちょこ》をテーブルに並べておいてくれる？　あ、神饌《しんせん》のお弁当も一緒にお願い。冷えたおビールは、総代が来られてからにしましょうか」

「あ、は、はい」

　さすが、大きな直会を何度も手配している母は、てきぱきと結乃花に指示を出す。

　一方、結乃花はもうすぐ唯織が来ると聞いて俄《にわ》かに緊張した。

　最後に唯織に会ったのは、ちょうど二週間前の神楽殿での儀式以来だ。あの契りの翌朝、一緒に泉を見に行ってから会っていない。ほぼ連絡が途絶えたと言っていい。

　もちろん、唯織の方は結乃花と会う理由などない。

　総代としての義務は果たしたのだから、それ以上、結乃花と関わる必要はないのだ。

　そもそも唯織には、想う人がいるのだもの。

　誰もが好きな人と肌を重ねることが叶うとは限らない。自分はそれが叶ったのだから幸せ者だ。何度もそう言い聞かせたが、いざ夜になると唯織の香りが恋しくて堪らない。

さらに始末の悪いことに、結乃花の五感が唯織を覚えていて、ことあるごとに思い出してしまう。

唯織が囁いてくれた耳を擽《くすぐ》る甘い言葉。素肌を見せたときの逞しく盛り上がった筋肉のしなやかさ。抱きしめられたときに感じるしっとりと汗ばんだ肌。伝わる熱い温もり。

そして結乃花の中でどくりと脈打つ唯織自身……。

もう親密な縁は切れたのだ。彼を思い出したらダメだと、即座に打ち消すものの、泡のように浮かんでは消えて毎晩よく眠れない。

なにより結乃花に向けられた優し気な眼差しが一番恋しい……。

――唯織《いお》くん。

胸の奥がきゅんっと痛む。

心では忘れようとしても、身体は唯織を覚え恋しがっている。

たった二晩抱かれただけ。それなのに唯織と睦みあった記憶が、唯織なしではいられないほど、結乃花をすっかり塗り変えた。

「結乃花？」

お盆を持ったまま考え事をしていると、母が不審な目を向けてきた。結乃花は慌ててお神酒とお猪口をお盆に乗せる。

――まずい、しゃんとしなきゃ。唯織《いお》くんが来ても、何気なさを装わなくちゃ。

もう儀式は終わったのだから、神社の巫女として一線を引き、氏子総代である唯織と接しないといけない。

「今、用意してくるね」

唯織がいない九年間、結乃花は懸命に忘れる努力をした。でも結局、その努力は無駄だった。どんなに忘れようとしても、唯織を忘れることはできないからだ。

今回も同じ。せめて唯織が気まずくないよう、何事も無かったように振る舞おう。なんとしても、前のように迷惑がられることだけは避けなくては。

このところ、よく神社に顔を見せる十織の言葉から察すると、唯織は本当に忙しいらしい。駅ビル周辺の都市開発事業を進めていて、夜遅くまで多忙だとのことだった。並行して新しい商業施設をオープンする準備もあって、ずっと会社で寝泊まりしているという。

結乃花にできることは、なるべく唯織から離れて彼の視界に入らないようにすることだ。儀式で抱かれたからと言って、まるで特別な関係でもあるかのように、彼の周りをちょろちょろして目障りだと思われたくない。

宮司である父が戻ってきた今、総代である唯織と結乃花の接点は皆無といっていい。むしろこのまま会わない方がお互いにとっていいのかもしれない……。

唯織の席に、お神酒や弁当を準備し終えると、小さく溜息を吐いてしまった。唯織が来たとしても、奥で婦人会の手伝をしていれば彼と話さずにすむ。

新しく総代となった唯織を他の氏子さん達も離さないだろうから、そもそも結乃花と挨拶を交わす暇さえもないだろう。

「おや、結乃花さん、元気がないようですね」

目ざとく声を掛けてきたのは春日だった。

彼は報告書を纏めるために一旦、神社本庁に戻ったが、まだ泉が完全に元通りではないため、再び様子を見に来てくれた。

「唯織君も遅いですね。せっかくの直会なのに。一番の功労者は唯織君と結乃花さんですからね」

そう春日に微笑まれ、結乃花は泣きたいような気持ちになった。

自分と唯織を労《ねぎら》ってくれる春日の言葉に、空っぽの胸に温かいものが込み上げた。

「そうおっしゃってくださってありがとうございます。なにより、唯織《いお》く……、総代がお仕事が忙しいのに協力してくださったおかげです」

するとと横から唯織の父も声を掛けてきた。

「いやいや、結乃花ちゃんは頑張ったよ。宮司がいない間も朝早くから祈祷の準備で忙しくしていたし、本来、我々の仕事でもある社務所での雑務も引き受けてくれて色々大変だっただろう。唯織にも氏子総代として礼を言わせるから」

「……おじ様っ、そんな、困ります。私こそ、唯織《いお》くんの厚意に甘えてしまって……」

それだけは避けたい。恩着せがましい目障りな女だと思われたくない。

全力で拒否しようと意気込んだとき、唯織の父のスマートフォンが鳴った。

「おお、唯織か？　え、来られないのか？　市長が……。そうか、分かった」

電話の相手は唯織らしい。会話を終え、スマートフォンを胸ポケットにしまいながら、すまなさそうに結乃花を見た。

「結乃花ちゃん、悪いね。唯織は急な仕事が入って来られなくなったらしい。またちゃんとお礼を言う機会を作るから」

「そんな、滅相もない……」

唯織が来たらどうしようと気を揉んでいた割に、結乃花は意気消沈した。話はできなくとも、一目だけでも数日ぶりに唯織の姿を見たかった。

すると隣にいた春日が割って入ってきた。

「結乃花さん、それなら、このお弁当を唯織君の会社に届けてあげては？　神様のお下がりをいただくという意味のこもった神饌ですから、残してしまってはもったいないでしょう？」

春日がそう勧めると、いつの間にか近くにいた母もそれはいい考えだと同意した。

「十織君の分もあるから、結乃花が二人分持って行ってくれると助かるわ。お母さんは抜けられないし、婦人会の皆さんには頼めないし」

ね？　とお願いされて結乃花はやむ無く引き受けた。

結乃花がしゃしゃり出て唯織と会わない方がいいと思ったのだが、どうやらそうもいかないらしい。

でも、別に個人的なことで会うわけじゃない。直会のお弁当を届けるだけだもの。

そう言い訳をするが、久しぶりに唯織の顔が見られると思うと、心が俄かに活気づく。早く出かけた方がいいですよと春日に言われ、結乃花はいそいそとエプロンを脱いだ。母親から預かった弁当を風呂敷に丁寧に包み、車の助手席に置いて自分の車に乗り込んだ。

その姿を春日が窓越しに、小さく笑みを浮かべて見守っていた。

☆

七神神社は、市の中心部から少し外れた杜の中にある。山の手と言われる閑静な住宅街の近くにあり、街のご鎮守さまといった古い神社だ。一方、久龍グループの本社ビルは、七神神社から車で十五分ほどの街の中心部に位置している。ここ数年で都市開発が一段と進み、結乃花の住む街も、だいぶ洒落た近代的な商業ビルが増えてきた。

メインストリートには有名ブランドの路面店やハイブランドのジュエリーショップのビルが立ち並び、さながらプチ・表参道といった風情だった。

久龍グループの本社ビルも去年リニューアルし、一階にはお洒落なカフェやワインショップを併設したワインバー、グランドピアノのあるイベントスペースなどがあり、休日や夜には音楽イベントも行われている。

ビルの中階まではアパレルショップや夜景の美しい三ツ星レストランなどが入ってい

て、なかなか予約が取れないほど人気だった。

商業フロアの上階は久龍グループ本社のフロアとなっていて、さらにその上は、高級マンションとして分譲されている。このマンションには、唯織も十織もそれぞれ自分の住まいを持っているらしかった。

大人になればなるほど、二人とは住む世界がかけ離れているなと思う。

東京にいた唯織も自社ビルのリニューアルに関わり、有名な世界的建築家にデザインを依頼したのだとか。それが縁で今も交流していると、地元の雑誌の特集記事に載っていた。

結乃花の友人たちは、その雑誌を眺めながら「本当に手の届かないすごい人になっちゃったね」と口々に言っている。

つい最近も、高校時代の友人とお茶を飲んだ時に、「結乃花はなんでももっとがっつり唯織君を捕まえておかなかったの！」と叱られた。その友人は、結乃花が高校生の時からずっと唯織を好きだったのを知っていたからだ。

残念がる友人に対して、結乃花は曖昧に笑ってごまかした。

宵宮祭の時に唯織に振られたことは誰にも話していない。ただ、唯織の卒業と同時に、疎遠になっただけだと思われている。

「唯織君が戻ってきたならチャンスがあるんじゃない？　これを機会にアプローチしてみたら？　彼女になれるかもしれないじゃん」

結乃花を後押しする友人に、心配しないでと首を振る。

「えへへ、もう唯織《いお》くんのことは何とも思ってないよ。だって九年もたったんだよ。お互い違う道を歩いているし。唯織《いお》くんの彼女なんて、田舎者の私には無理だよ。都会の洗練された女性に比べたら魅力なんてないし」

「そうかな～。結乃花は神社のお嬢さんだし、なんていうか、やっぱり巫女してるだけあって、清楚で可愛いよ。ほら、同じクラスだった上条《かみじょう》くん、彼さ、去年、司法試験に受かったらしいんだけど、最近、結乃花のことを色々聞かれたんだよね。たしか、この間の同窓会でも仲良くしてたよね？」

「うん、時々、神社にも参拝に来てくれるよ」

「ほら、結乃花のことが好きなんじゃない？」

「そんなことないって。今は神社が大変だから、同級生のよしみで心配してくれているだけ」

そう答えると、盛大にはぁ～と溜息を零された。

「ねぇ、聞いてもいい？　友人として心配しているんだけど、結乃花はこれまで誰か男の人とちゃんと付き合ったことあるの？」

「え……、ない、けど……」

高校時代は片思いではあるが、ずっと唯織一筋だった。大学に入ってからは、友達の紹介で何度か男の子とデートぐらいはしたこともある。それでも、ちゃんと付き合ったことはない。

友人は、こりゃだめだと肩を竦めながら首を振る。

「あのさ、巫女さんって処女じゃないといけないの？　だから結乃花は今まで誰とも付き合わなかったの？」

単刀直入に聞かれてドキッとする。

「そ、そんなことないよ。巫女は未婚であることが条件なんだけど、処女かどうかまでは関係ないし」

「それなのに、ずっとフリーでいたなんて結乃花はほんとに奥手だなぁ」と、半分、呆れられながら笑われた。

二十五歳にもなって男の人とまともに付き合ったことがないのは、流石にドン引きレベルかもしれない。

それでも、別にいいじゃないと開き直る。

一生に一度の恋をしたと思っている結乃花は、そう簡単に次の恋には進めない。そんなに器用な性格じゃない。唯織とは小さな頃から側にいて一緒に育ったものだから、余計にダメージが大きかっただけ。

いまだに初恋が忘れられないみっともない女なのだ。

それでも、誰にも知られず迷惑もかけず、ひっそりと心の中で想うのは自分の自由だ。

いつかは唯織も結婚する。唯織ほどの人ならきっとそれも遠くない未来だろう。

その時、ようやくこの恋に終止符が打たれるのかもしれない。

好きな人と結ばれますように、と神様に祈る人は多いだろう。でも唯織が結婚するとき、自分は好きな人を忘れられますように、と祈らなければならないのだ……。

友人とお茶をした時のやりとりを思い返していると、久龍グループの本社ビルがもう目の前に見えてきた。

「あ、もうすぐだ」

「えっと……、パーキングは……。あ、あった」

結乃花は近くのコインパーキングに車を止め、ビルのエントランスに入るなり、ぐるりとビルの中を見渡した。

このビルの一階と二階は中央のエスカレーターで繋がっており、内装は森に見立ててデザインされ緑が多く配置されている。美術館のようにモダンでもあり、滝に見立てたガラス張りの壁からは、さらさらと水が流れ落ちていて、心地よいせせらぎが、行き交う人々に安らぎを与えている。

結乃花も街に買い物に出かけたときに必ず立ち寄るお気に入りの空間だった。神社の杜の中にいるように、心が落ち着くからだ。

あちこちにウッディな椅子やテーブルが置いてあるため、待ち合わせの場所や休憩スペースとして市民の憩いの広場になっている。

腕時計を見ると、十二時少し前だ。

ぎりぎりお昼に間に合いそうだ。結乃花は小走りになって、エントランスを入ってすぐにある受付に向かう。

ここは久龍本社ビルの受付だけではなく、この商業ビル全体の受付業務を行っている。結乃花よりも若そうな受付の女の子たちが着ている薄いベージュ色のワンピースが、この空間にも馴染んで可愛いらしい。

「いらっしゃいませ。何か御用ですか？」

「あの、久龍グループの代表取締役の久龍唯織さんにお会いしたいのですが……。私、七神神社の者です。唯織さんに届け物がありまして」

「アポイントはございますか？」

「いえ、アポイントは取っていないのですが……。生ものですので、できれば手渡ししたいのですが」

「少々、お待ちくださいませ」

受付嬢は、タブレット端末を何度かタップして確認すると、結乃花に営業スマイルを向けた。

「申し訳ございません。久龍は、ただいま外出の予定が入っているようです」

「そうですか……。ありがとうございます」

結乃花は気落ちした声でお礼を言った。こうも唯織に会えないとは、やっぱり彼との縁はなさそうだ。ここまで来て、唯織がいないとなると残念な気持ちになる。

「十織に電話してみようかな」

結乃花はいつも十織に用があるときは、受付を通さずに直接、十織のスマートフォンに電話をかけていた。十織とは、ずっと幼馴染として親しく交流しているから、唯織よりも気安く接することが出来る。

流石に社長となった唯織は忙しいだろうし、結乃花が気軽に電話で呼び出すなんてことができるはずもない。

――十織に電話して唯織の分のお弁当も預けておこう。そう思ったとき、ほのかに檜葉の香りが漂ってきた気がして、スマートフォンからふと顔をあげる。すると二階のエスカレーターから上品な濃紺のスーツを着こなした唯織が下りて来た。

その隣には、すっきりとした白いワンピースに身を包んだ綺麗な女性が寄り添っている。

手入れの行き届いた漆黒のロングヘアに、目鼻立ちのはっきりした華やかな印象の女性だ。エスカレーターに乗った際にヒールでバランスを崩したのか、よろけて唯織と密着する。唯織が何か言うと、その女性は嬉しそうに唯織の腕に摑まった。

「あ、ほら、社長とお付き合いしているっていう市長の娘じゃない？」

「なんでも婚約間近らしいよ。美男美女でお似合いだよね～」

背後で、受付嬢たちが他愛ないお喋りをしていた。

エスカレーターを降り、唯織とその女性がエントランスの方に近づいてくる。

結乃花は慌てて緑が茂る柱の陰にさっと移動する。

べつに隠れる必要など無いのだが、唯織に会いたくない。なにより、酷くショックを受けた顔をしているに違いない。こんな自分を唯織に気付かれたくなかった。

――はやく、通り過ぎて。

お弁当の風呂敷を抱えたまま、ぎゅっと目を閉じる。

しばらくして、二人がもう外に出ただろうかと思って柱の陰から目をやると、なにやら恰幅の良い年配の男性に呼び止められて三人で立ち話をしている。どこか見覚えのある男性だ。

――あれは、たしか唯織くんの叔父さんだ。

久龍グループの副社長をしていると、十織から聞いたことがある。身体と同じように、その声も大きかった。

「いや～、唯織君、こちらが彩音《あやね》さん？　市長のお嬢さんなんだろう？　とても美人だね。君の奥さんにぴったりだ」

「……いや、副社長、こちらは……」

「まぁ、いやですわ。まだ先のことですもの」

「これから二人でどこに行くんだい？」

「うふふ、今から食事に行く約束ですの」

「それはいい。唯織君、ゆっくり楽しんでおいで」

唯織は叔父の態度に眉根を寄せたものの、早く出かけたいのか、その女性を促した。

二人は仲良さげに肩を並べてエントランスの外に出た。すぐ目の前に停めてあるスポーツタイプの黒いイタリア製高級車に乗り込んだ。

――唯織の車だ。

当然のごとく運転は唯織で、その女性は慣れた様子で助手席に滑り込む。それだけで二人が親密な仲だということを感じ取った。

――ばかみたい。私……。来なければよかった。

神様は結乃花に現実を突きつけて、はやく唯織を諦めろと伝えているのかもしれない。

唯織は未来に向かってどんどん進んでいる。市長の娘さんとの婚約がもうすぐなのだ。なのに、私はどうだろう。

唯織への初恋をずっと引き摺っている。終止符を打つどころか、決定的な瞬間を目の当たりにしても、好きな気持ちが溢れてきて苦しい。

今思うと、唯織が『好きな人がいる。手の届かない人だ』と言っていたのは、きっと彼女のことだったのだ。市長の娘だし、普通の男性からすれば手の届かない人だ。もちろん、久龍グループの御曹司である唯織とであれば当然、家柄も釣り合いが取れている。自分を過大評価しない唯織は、謙虚にそう思い込んでいるのかもしれない。

だとしたら、両想いになれて良かったじゃない。

今度こそ祝福してあげなくては。

ようやく自分もピリオドを打って新しい恋ができる。

なのになぜ、こんなにも胸が張り裂けそうなのだろう。どうして心の奥から突き上げるように、涙が勝手に溢れそうになるの？

「あれ。結乃花？　ここで何してるの？」

すぐそばで声がした。

はっとして振り返ると、そこにいたのは見慣れた十織だった。同級生だが結乃花にとっては、弟みたいな存在でもある。

「――っ、とお……」

ほろり。

言葉より先に涙が一筋、頬を伝って零れてしまう。

気の置けない十織の顔を見た途端、結乃花の張りつめていた心の緊張が解けてしまった。

「お、おい。ちょ、お前、何泣いて――。ああ、もう、まるで俺が泣かせているみたいじゃないか。こっちに来い」

ぐいぐいと十織に手を引かれ、本社ビルへの直通エレベーターまで連れて行かれる。

通されたのは、専務である十織の執務室の中だった。

「ほら、座れ。一体どうしたんだよ」

十織は結乃花をソファーに座らせると、すぐ目の前に腰を下ろした。

まだ堪《こら》えるように涙を滲ませている結乃花に、黙ってポケットからハンカチを差し出した。そのまま何も問わず、結乃花が落ち着くまで辛抱強く待っている。

「十織、ごめんね。ちょっと……、ショックな場面を見ちゃって」

「ショックな場面って？」

結乃花は言いよどんだが、十織は結乃花が変わらず唯織に想いを寄せていることを知っている。いまさら隠しても仕方がない。高校時代は十織に言い寄られていた結乃花だが、十織はとっくに結乃花への気持ちを切り替え、新しい恋をいくつかし、今は可愛い彼女もいる。

十織に話せば、少しはふっきれてこの未練がましい気持ちも収まるかもしれない。

「さっき唯織《いお》くんが市長の娘さんと二人でランチデートに行くのをちょうど見かけちゃって。すごく仲よさそうにしてて、それで……」

「ああ、あの女ね……」

あまり深刻にならないよう努めて軽く言ったのだが、少し棘《とげ》のある十織の口調に違和感を覚えた。

市長の娘さんとお付き合いしているなら、家族だったら諸手を挙げて喜びそうなものなのにと不思議になる。

都市開発を進める久龍家にとって、人脈のある市長の娘と縁続きになるのは会社としても願ってもない話だろう。そう思いながら首をかしげる。

「この間、一緒に食事をしたんだよ。向こうの家族とうちの家族でね。でも、あの親にしてあの娘ありだな。なんだかスノッブな感じで、いけ好かない女だったなぁ……。なんで兄貴もあんな女と付き合っているんだろう……」

ぶつぶつと呟きだした十織の言葉は、もう耳に入らなかった。

やっぱり、お付き合いしてるんだ。

衝撃的な事実に、心臓が胸から飛び出そうなほどどくどくと鼓動を打つ。

自分の本心を十織に話したのは間違いだった。

なんといっても兄弟なのだもの。唯織が誰とお付き合いをしているかも知っているはずだ。そのせいで、聞きたくない事実を耳にしてしまった。

——相手のご家族と一緒に、唯織の家族が食事した……。

それって、すでに家族ぐるみでお付き合いをしていて、両家共に公認ということだよね……？

結乃花は息苦しいほど胸が締め付けられた。

唯織はプライベートなことは、何一つ結乃花に話さない。結婚話が進んでいることも全く知らなかった。

とはいえ、唯織にしてみれば話す義理もない。結乃花も神社のことで余裕がなかったし、なにより唯織との夜の儀式のことで頭がいっぱいだった。自分のいいように勝手に想い焦《こが》れて、心の中で想うのは自由だなどと、唯織に抱かれた幸せな余韻を噛みしめていた。

ああ、私……、高校生の頃と何一つ変わっていない。

唯織のことを何も考えず、迷惑をかけていたんだ……。

婚約話が進んでいた唯織に無理なお願いをしてしまっていた。移しの露の儀式も、唯織にとっては青天の霹靂《へきれき》、災難だったと言ってもいい。

秘儀ではあるが、婚約話が持ち上がっているのに、他の女性を抱くなんて相当嫌だったに違いない。

本心はおくびにも出さずに神社の窮地を救うため、結乃花を抱いてくれたのだ。

その事実に、結乃花の思考が麻痺《まひ》してしまう。

それでも必死に考えを巡らせる。

——私は、唯織の気持ちも考えずに、神社の、いいえ、自分のことだけに囚われていた。夜を共にした唯織のことも、迷惑とまでは思っていないだろうなどと、自分に都合良く解釈をしていた。

——ああ、なんてことなの。

大人になった唯織の包容力はさらに罪つくりだ。高校生の頃よりもっと酷い。

迷惑だとはっきり言ってくれたほうが、結乃花も一線を引くことが出来たのに。

そつのない大人の対応で、結乃花を傷つけないように配慮してくれていた。

そう思い至ると、これまでの唯織の優しさが、まるで薄いガラス細工のようにいとも簡単に砕け散る。神楽殿で抱かれた翌朝、手を繋いで杜を歩いた記憶までも、途端に色褪せたものに変わってしまった。

涙はもう流れ落ちなかった。泉と同じようにとうとう干上がってしまったようだ。

――いつまでも断ち切れない想いを引き摺っていてはいけない。厄介なお荷物だった自分から、唯織を解放してあげなくては。

「結乃花、俺も兄貴にどうなっているのか聞いてみるよ。だから……泣くな」

「十織、ありがとう。でも、もういいの。唯織《いお》くんには何も聞かないで。これでもう分かったから」

「分かったって何が？」

十織に探るような眼差しを向けられたが、結乃花はそ知らぬふりをして膝に抱えていた弁当を差し出した。

「あ、そうそう、今日はこれを持って来たんだよ。十織、お昼ご飯まだでしょ？　直会の神饌のお弁当なんだけど、お祝いも兼ねているから豪華なの。婦人会さんが朝早くから作ってくれたんだよ。唯織《いお》くんは、彼女とランチだし一緒に食べよ」

物問いたげな十織を無視して風呂敷を開き、二人分のお弁当とお茶のペットボトルを取り出して十織の目の前に差し出した。蓋を開けると、今までの直会の中で一番豪華なお弁当だった。

「わぁ！　美味しそうだね。ほらほら、食べよ！　はい、あーん」

お弁当から厚焼き玉子を箸で摘まみ、冗談めかして十織の口元に持って行く。この玉子焼きは、実は結乃花が早起きして作ったものだった。

「あほ、自分で喰え」

十織は玉子焼きから顔をそらすと、諦めた様子で弁当を食べ始めた。

結乃花は行き場のなくなった玉子焼きを自分で一口かじる。甘い筈なのに、なんの味もしなかった。もぐもぐと咀嚼《そしゃく》しながら無理やり喉の奥に押し込むと、乾いた砂のような味がした。

いつまでも唯織の好意に付け込んではいけない。

さっき十織に聞かれて誤魔化《ごま》したけれど、今日、ひとつ分かったことがある。

もうその時が来た、のだ。

ずっと先延ばしにしていたけれど、いい加減、この気持ちに終止符を打たなくてはいけない。想うこともいけないのだ。

二人には黙っていたが、高校生になってからはずっと、唯織と十織の弁当は結乃花が早起きして作っていた。

唯織たちは結乃花の母が作ってくれたものだと思っていたようだ。お弁当の玉子焼きが甘くて美味しいと唯織に言われ、毎日せっせと作っていた記憶が蘇る。砂糖と牛乳を少し入れた甘い玉子焼きは結乃花の好物だったのだが、唯織と好みも同じで嬉しかった。

――ただ想うだけなら自由だと思っていたのに。

でも、私が想いを寄せること自体、唯織にとっては迷惑なのだ。

いっそ、同窓会で親しくなった上条と付き合うのもいいだろう。十織のように古い恋は忘れて前に進めば、自分も変われるかもしれない。

目尻に溜まっていた小さな雫が、箸で摑んだ玉子焼きにぽとんと落ちた。
甘いはずの卵焼き。
なのに、しょっぱくて涙のようなほろ苦い味が、口の中に広がった。

第五章　明かされた真実

唯織はちらりと腕時計に目をやった。もうすでに一時間半が経っている。

自分はとうに食後のコーヒーも飲み終わったというのに、目の前の女性は時間を引き延ばすように食後のデザートを頼み、お喋りをしながらゆっくりと摘まんでいる。いつになったら解放してくれるのだろう。

唯織は脚を組み替えて窓の外に目をやった。

そもそも、今日は市長との会食のはずだった。「都市開発のことで、急ぎ会って相談したいことがある」と連絡してきたのは市長の方だ。氏子会に顔を出す予定で空けておいた昼の時間に、仕方なく会うことにしたものの、迎えに来たのは個人秘書を務める彼の娘。

指定されたホテルに向かうと、市長からは急なキャンセルの電話があり、こうして彼女と二人きりで昼食を食べる羽目になった。

せっかく結乃花の顔を久しぶりに見られると思っていたのだが。

唯織は小さく溜息をついた。

最近、事あるごとに市長が自分の娘を唯織との打ち合わせや会合に連れてくるようになった。先日も、父親から断れない関係者との食事会に出席してくれと言われて行ってみれば、待ち受けていたのは市長夫妻とその娘だった。

恨みがましく父親を見ると、すまなさそうな顔をされた。

唯織が手掛けている都市開発の件は、市長に根回しや便宜を図ってもらう必要などない。逆に唯織には、関係者にそう思われる方が迷惑だった。

市長が仕事にかこつけて自分の娘との関係をお膳立てしているのではないかと唯織も薄々感づいていた。

市長に教えたはずの携帯番号に、ときおり彼女から連絡が来て、近くにいるから会えないかなどと誘われたが、ずっと多忙だと言って断っていた。

実際、休日もとれないほど忙しく、実家にも帰れずに、このところは自社ビルの上階にある自分のマンションで寝起きしている。

唯織がなかなか靡《なび》かないせいか、いよいよあからさまな手を使ってきたようだ。

ここまでするとは、市長は自分の娘に甘すぎる。

公務と偽って市長の名で唯織を呼び出すようなやり方は、許せないものだった。

そろそろ、この女性に自分には好きな人がいるとはっきり分からせてもいいのかもしれない。これ以上会っても、お互いに時間の無駄だ。

「唯織さん、和食がお好きですよね。私、最近、本格的な和食のお料理を習い始めたんですよ」

「そうですか」

「ええ、将来、結婚したらお仕事で疲れて帰った旦那様を美味しい和食でもてなしたいので」

「そうなんですね」

「ちなみに唯織さんのお好きなお料理を伺っても？」

――はぁ、いい加減にしてほしい。

だが、ふとあるものが思い浮かんだ。

「玉子焼き、でしょうか」

「まぁ、私もです。和食の基本はお味噌汁や玉子焼きですよね。私は甘くないお出汁のきいた上品な玉子焼きが好きで、出汁も自分でブレンドして作っているんです。父からは、料亭の玉子焼きも霞んでしまうほどの美味しさだとお墨付《すみ》きなんですよ」

瞳をきらりと輝かせて、唯織に得意げな微笑みを向けた。

唯織もその笑みを受け止めて、わざとゆっくりと目を眇めて嬉しそうに微笑んだ。

「おや、残念ですね。僕は砂糖がたっぷりと入った甘い玉子焼きが好きなんですよ。上品な出汁のきいた玉子焼きは苦手なんです。好みが合わないな」

するとまさか唯織からそんなことを言われるとは思ってもみなかったのだろう。一瞬、ぽかんとした顔をしたものの、咄嗟に、もちろん食べる方の好みを最優先します、と慌てて言い出したのには苦笑した。

会計を終えてホテルのエントランスに出ると、鍵を預けていた唯織の高級イタリア車が正面に横付けされている。市長の娘が当然とばかりに、唯織の愛車の助手席に近づいて行くのを無視して、タクシーを一台呼び、後部座席のドアを開けた。

「彩音さん、僕はこのあとも予定があり忙しいのでお送りできない。こちらにどうぞ」

市長の娘は、残念そうにタクシーに乗り込んだ。

「あの、唯織さん。さっきのお料理のお話、誤解しないでくださいね。私は食べる方の好みを大事にしますので……」

正直いって、唯織には彼女の作る玉子焼きが甘くても辛くてもどうでもよかった。この女性の手料理を食べることなど絶対にないからだ。

「彩音さんは、上品な出汁のきいた玉子焼きが好きな人に作ってあげたほうがいいですよ。僕にはずっと昔から、僕好みの甘い玉子焼きを作ってくれる人がいるので。たぶんあなたの上品な玉子焼きを食べる機会はないでしょう」

一瞬、彼女の顔に当惑の色が浮かんだものの、分かりました……と、真っすぐに前を見て運転手に市庁舎に、と告げた。

タクシーを見送ると、唯織はすっきりと気が晴れた。

高校生の時に、いつも弁当に入っていた甘い玉子焼き。

結乃花は唯織が気付いていないと思っているが、唯織はずっと結乃花が毎朝、早起きして作ってくれていたことを知っていた。

もともと唯織は甘くない玉子焼きの方が好きだったのだが、結乃花好みの甘い玉子焼きに舌が慣れて、いつしか好きになっていた。

「――久しぶりに、結乃の玉子焼きが食べたいな」

唯織は愛車に乗り込んでアクセルを踏んだ。

また、いつか、そんな日が来るのだろうか。

結乃花に弁当を作ってもらって出社したり、休日に結乃花の手作り弁当を持って二人でドライブしたり。

そんな夢が実現したなら、唯織はきっと玉子焼きより先に結乃花を味見するだろう。

――唯織《いお》くん、だめ、ちゃんと玉子焼きを食べてからにして。

そんな幻聴まで聞こえてきそうだ。

だがそんな日は、現実には永遠にこない。

久龍の家の男は、七神の娘である結乃花とは結ばれることはできないからだ。それでも唯織は、なんとしてもまた彼女を抱いて、自分に繋ぎとめておきたかった。

泉の水が元どおりになるまでは、その理由にかこつけて結乃花と夜を共にすることが出来る。

はっきり言って市長の娘よりも自分の方が姑息《こそく》な手段を使っているという自覚はある。

卑怯極まりないが、結乃花を他の男に渡したくはない。結乃花がこのままずっと結婚しなければいいとさえ思っている。

好きな人の幸せな姿を傍から眺めているなど、とうてい唯織にはできない。

自分は聖人君子じゃない。己の身勝手な欲に塗れている。

結乃花が見ていいのは、自分だけ。できることなら、自分しか視界に入らないようにしたい。

たとえ結乃花と結ばれることはできなくても、彼女が結婚しなければ、一生、結乃花を独り占めできる。居心地のよい雑魚などいない水槽で、大切に守ってあげられる。

「どうかしてる……」

九年だ。

九年の間ずっと結乃花を忘れようとした。冷たい言葉を投げ、東京に逃げたのだ。

それでも物理的に距離が遠く離れただけで、気持ちまで結乃花から切り離すことはできなかった。

再会して結乃花の肌の味を知ってしまったからには、忘れるどころか、とうてい彼女から離れるなんてできない。

結乃花のさらさらと風にそよぐ髪に触れたい。すべすべの頬っぺたを撫でたい。

ぷっくりと膨れた甘い唇を味わいたい。

なにより、結乃花の天真爛漫な笑顔が見たかった。

──結乃花。

その名を呟くたびに、心の底から愛しさが溢れてくる。

自分は冷静で理性的な方だと思っていたのに、こと結乃花に関しては昏く歪《ゆが》んだ想いを抱えている。

どんなに結乃花を距離を近づけても行き着く先には何もない。

行き止まりだと分かっている。

二人で歩む未来などないのに、それでも結乃花だけは誰にも渡したくないという独占欲に支配されている。

唯織が懊悩していると、唐突にスマートフォンの着信音が車内に響き渡った。ようやく現実に引き戻され、スピーカーをＯＮにすると、唯織の秘書の声だった。

「社長、約束のお客様がお見えですが今どちらに？」

「ああ、悪い。もう会社の目の前だ。もうすぐ着く」

午後の来客が来たようだ。自社ビルの一角にある唯織専用のパーキングに車を停め足早にエントランスを横切ると、イベントスペースの一角で美味しそうなスイーツが売っているのが目に入った。

結乃花に買って帰ろうか。

結局、出席予定だった氏子会も欠席してしまったから、結乃花の父にもお詫びをしなくてはならない。今夜は久しぶりに実家に帰ろうと決めた。

それから数時間、唯織は会議や商談などその日の予定を精力的にこなしていった。

ようやく1日の予定が終わり、腕時計を見ると午後の六時になろうとしている。

一つ会議がキャンセルになったため、早めにその日の仕事が終えることができた。

夏至が過ぎ、季節は初夏から真夏に移り変わろうとしている。窓の外を見ると六時だというのにまだ昼間のように十分に明るい。

——結乃花を連れ出して、これからどこかに食事に行こうか。

ジャケットを羽織り、帰り支度をはじめたところで、副社長である叔父がノックもなく部屋に入ってきた。

「あれ、唯織君、今日は早いね。もう帰るのかい？」

「はい、七神神社の氏子会を欠席してしまったので、宮司にお詫びと退院祝いをと思いまして」

実のところは結乃花に会いに行くだけなのだが、叔父に話す義理はない。話が長引くのを避けるため、唯織はさっさと暇《いとま》を告げようとした。

「ああ、そうか。あの神社も不運続きだったよな。そういえば、今日、あの神社の娘さんを社内で見かけたよ」

「——えっ？」

ドアに掛けた手を止めて、唯織は叔父の方を振り返った。

結乃花をここで——？

「なんという子だったかな。ええと、そうそう結乃花ちゃん。色白でスタイルのいい可愛い子だ。お弁当を持ってきて十織君と仲良く部屋で食べていたようだよ。ドアをしめ切りで、十織君の部屋から二人がなかなか出てこないものだから、秘書が声を掛けていいかどうか迷っていてね。帰りも十織君が結乃花ちゃんにぴったり寄り添って、エントランスまで送る姿を見かけたよ。あの二人はきっと付き合っているな」

かぁっと頭に血が上り、噂好きの叔父をぎろりと睨みつける。

──結乃花と十織が二人きりで。ドアをしめ切りで。

まさに灯台下暗し《とうだいもとくら》だった。

てっきり十織は結乃花のことを諦めたものだとばかり思っていたが、二人は昔から仲がいい。さらに女っぽくなって可愛いさに磨きのかかった結乃花に、再び十織が恋をしても不思議ではない。自分が再会して、再び結乃花に恋をしたように。

──くそっ。

「失礼します」

唯織は話を続けたそうな叔父を無視して、すぐ下のフロアに向かう。十織の専務室の入り口のデスクに、慎ましやかに座っていたいつぞやの秘書が、唯織の形相にぎょっとした顔を向ける。

ひっ……と声をあげたのも構わずに、十織の部屋の扉を叩きつけるように勢いよく開けた。

「うわっ、びっくりした。兄さん、一体どうしたんだよ」

十織は他の社員と打ち合わせをしている最中のようだった。全員がぽかんとして一斉に唯織に注目する。

「悪いが、十織に話がある。外してくれ」

あっけにとられていた社員も、社長である唯織の剣幕に気圧されたのか、無言でそそくさと部屋を後にする。

二人きりになると、今までになく凄みをきかせた声を出した。

「お前、結乃花を昼にこの部屋に連れ込んで、二人きりで一体何をしていたんだ？」

意外だったらしく、十織がおや？　というような顔をして見せた。

「別に俺と結乃花が何してようと関係ねーじゃん。兄さんこそ彼女とランチデートだったんだろ？」

「――っ、誰に聞いた？」

「叔父さんが社内中に言いふらしているぜ。兄さんが市長の娘と付き合っていて婚約が近いと」

唯織は舌打ちした。あの叔父は、市長に賄賂でも貰っているのではないかと勘繰りたくなる。

「付き合ってなどいないし、彼女でも婚約者でもない。それに俺のことより、結乃花を追いかけ回すようなことは金輪際やめろ。彼女に近づくな。昔、父さんに言われたことを忘れたのか？」

唯織が十織を睨むと、訳が分からないといいような、きょとんとした表情になった。

「まさか忘れた訳じゃないだろうな」

自分がこの九年間、ずっと引き摺って生きてきた足枷を、こいつはいとも簡単に忘れてしまったのだろうか。

「そのまさかかも」

十織が悪びれずに、にやりとする。

途端にまた頭に血が上って、十織のネクタイを摑んで締め上げるようにグイと引いた。

唯織が片時も忘れられずにいたことを、十織がすっかり忘れているという事実が憎らしい。なによりも、絶対に結乃花を十織には渡したくない。

「……高校生の時に、父さんに言われただろう。七神神社と久龍の家には守らねばならない戒律《とりきめ》があると。久龍家の男は、七神家の娘とは永遠に結ばれない運命にある。その戒律を破れば、結乃花に災いが起こる。つまり、どんなにお前が結乃花を好きでも結婚はできない」

改めて言葉にしたことで、まるで呪縛のように自分にそっくりそのまま返ってきた気がして、ぞくっとした。非科学的なことは信じない唯織だが、こと結乃花に関しては別だ。内心を隠して神を欺くように結乃花を抱くことで、万一、彼女の身に災いが起こったら自分は生きていけない。

やはり結乃花を諦めねばならないのだろうか。

唯織は放心したように力が抜け、摑んでいた十織のネクタイを放す。

十織は、はぁ――と嘆息してソファーに背もたれた。

「あのさ――、それいつの話？　まさかずっと信じてたワケ？」

「どういう意味だ？」

唯織が凄むと、十織はゲホゲホと咳き込み、ああ、苦し……と呟きながらネクタイを緩めた。

「そういえばあの時、父さんの話を聞いて兄さんはこの世の終わりのような顔で絶望していたよね。殆ど風邪を引いたことがないのに、翌日から原因不明の高熱で数日寝込んでいたし。まさか、結乃花と結ばれることが出来ないって信じちゃって、ショックのあまり熱だしたとか？　俺は納得できなくて、兄さんが寝込んでいる隙に、七神のおじさんに直接確かめに行った」

「――嘘を吐くな」

「嘘じゃない。おじさんは、そんな話は初耳だな、と笑っていたよ。それに俺か兄さんが結乃花を嫁にもらってくれると嬉しい、とまで言っていたんだよ」

あまりの衝撃に、頭が真っ白になった。呼吸さえも止まりそうだった。

「お前の言うことは信じられない」

十織は肩を竦めた。

「まぁ、あの時は俺も結乃花のことが好きだったから、兄さんには教えてやらなかったけど。まさか、ずっと父さんの言葉を信じていたのかよ……、あ、おいっ、兄さ……、どこに……っ」

唯織は入ってきたときと同じように、十織の部屋から勢いよく飛び出した。

社員が驚くのも構わずに廊下を疾走しエレベーターに飛び乗る。なりふり構わず、エントランスを走り抜け、外に停めてあった愛車を急いで発進させた。

気が焦り、アクセルをふかし過ぎて轟音が響く。

キュルキュルとタイヤを軋ませ、唯織が向かった先は自宅だ。

――まさか、ありえない。

十織が自分に都合のいいことを言っているだけだ。

そう思うのに、柄にもなく心臓がばくばくと連打している。

確かに父からの衝撃的な告白の後、唯織は高熱を出して寝込んでしまった。結乃花を避けるようになったのもその後だ。

高校生の自分は、結乃花への想いを抱えてどうしたらいいか分からずにいた。そして自分が選んだ道は、九年もの間、結乃花から離れることだった。

――真実を父に確かめなければ。

唯織は迷いを断ち切るように、さらにぐっとハンドルを握りしめた。

☆

夕拝を終え、結乃花は境内の掃除に精を出していた。

竹帚《たけぼうき》で、一定の方向に向けて掃くと地面に綺麗な模様ができる。無心で掃除をしていると自然と心も落ち着いて、自分の心と向き合い、しなければいけないことが見えてくる。

唯織への自分の邪《よこしま》な想いも帚《ほうき》で掃いて綺麗さっぱり片づける事ができればどんなにいいだろう。

「結乃花～。お友達よ～」

掃除に没頭していると、社務所から結乃花の母親の声がした。いつの間にか同じ所ばかりを掃いていて、模様が少し抉《えぐ》れているのに気が付いてはっとする。

顔をあげると高校の同級生だった上条が、結乃花を見つけて歩いてきた。

改めて彼を見ると、スーツが似合うスラリとした体形で、なかなかのイケメンだ。

念願の司法試験に合格し、昨年から弁護士事務所で働いている彼は、グレーのスーツに向日葵をモチーフにした真新しい弁護士バッチがきらりと光って様《さま》になっている。高校生の頃は、殆ど話したことはなかったが、少し前の同窓会で声を掛けられ親しくなった。それ以来、たまに向こうからメッセージが届き、ＳＮＳで時々やりとりをしていた。

こんな時間に来るなんて珍しい。

今日の祈祷はとっくに終わり、そろそろ参拝客もまばらになる時間帯だ。なにか結乃花に急ぎの用でもあるのだろうか。不思議に思いながらも笑顔を向けた。

「こんにちは。もうすぐこんばんは、かな。仕事中にごめんね」

「ううん。もう終わるところ。お参り？」

「いや……、あ、もちろんさっきお参りは済ませたんだけど、結乃花ちゃんに用があって」

「私に？」

何も思い当たることがなく、キョトンとして見上げると、上条が照れくさそうに頭を掻いた。

「この後、何か予定ある？」

「えっ？」

唐突に切り出されて思わず聞き返す。

同窓会で再会した時に、結乃花が神社の泉が枯れたことを打ち明けると、親身になって心配してくれた。それ以降、時々、神社に参拝しに来てくれている。

ちょっと言葉を交わすことはあっても、予定を聞かれたのは初めてだった。

「あのさ、実はうちの事務所の先生が体調を崩して、一年前から予約していた三ツ星レストランに行けなくなってしまったんだ。それで俺に誰かと行って来いって今夜の予約を譲ってくれた。だからよければ一緒に行かないか？」

昨日までの結乃花だったら即座に断っていた。でも唯織のことを諦めたとたん、こうしてわざわざ誘ってくれる相手が現れた。

ということは、神様の思し召しなのかもしれない。

いい加減、唯織のことは諦めろ、と神様が結乃花に諭してくれているのだ。

行き場のない想いを今度こそ、断ち切れるチャンスかもしれない。

目を伏せ少しだけ沈黙したが、結乃花は迷いを払いのけるように笑顔を向けた。

よく分からないものが胸の奥につかえているのは、きっと気のせいだ。

「……それって、あの夜景の見える三ツ星レストラン？　よくテレビや雑誌で特集されている？」

「そうそう、久龍ビルに入っているフレンチレストランだよ。予約はこの先一年以上も埋まっているみたいだよ」

「やった！　ずっと行ってみたかったの」

「いいの？　その、俺と」

「どうして？　だって奢《おご》りでしょ？」

上条の結乃花を窺うようだった表情が、ぱっと明るくなる。

「ちゃっかりしてるな。でも、ありがとう。鳥居の前の参道に車を停めてるんだ」

「じゃあ、急いで着替えてくるからそこで待っていてくれる？」

了解、と上条は笑顔になると境内の砂利道を車の方に向かっていく。

結乃花も支度をするために、急いで自室に戻る。

心をどこかにおいてきぼりにしてきた気がするのは、どうしてだろう。

――ううん。余計なことは考えちゃダメ。新しく一歩を進みださなくちゃ。

久しぶりの高級なレストランだから、ちょっぴりお洒落をしよう。

確か買ったばかりでまだ袖を通していないワンピがあったはず。

そう考えて結乃花はクローゼットを見回した。お目当てのワンピースを見つけると急いで取り出し、目の前に掲げてふわりと揺らしてみる。

光沢のあるシャンパンベージュのノースリーブワンピースは、タイトなシルエットで背中の真ん中にスリットが入っている。少しだけ肌が露出する、結乃花にしては大人っぽいデザインだ。

同窓会用にワンピースを買いに行った時、気に入ったものが二着あって両方購入したが、こちらのデザインは畏まりすぎている気がして、同窓会には着て行かなかった。だけど、今夜行く高級なレストランにはぴったりだろう。

結乃花は全体的に華奢で腰が細いわりに、胸は大きい。いつも胸に合わせて服を選んでいたのだが、そうすると大抵、腰回りがブカブカになってしまう。

店員さんのアドバイスどおりにウエストに合わせてみたら、思っていたほどバストが悪目立ちせず、身体のシルエットが綺麗に出て、動くたびに光沢のある布地が上品に揺れた。

このワンピで唯織の横に並んだら少しは吊り合いが取れるかも、そんなことを思い描いて買ったんだ……そう考えて、はっとする。

もうもう、出だしからこれだ。誘ってくれた上条君に失礼だ。

「結乃花、出かけるの？」

ちょうど玄関先で母親とすれ違う。

「うん、高校の同級生とご飯に行ってくる。フレンチをご馳走してくれるんだって。今夜はちょっと遅くなるね。起きて待っていなくてもいいから」

そう言い残し、普段、あまり履くことのないヒールの高いパンプスを選ぶ。玄関の横にある鏡に映る自分は、なかなかにキマっている。昼間に見た唯織の彼女と比べても遜色がないほど大人っぽい。

そう考えて、しまったと、また後悔する。

自分の心には、まだまだ唯織が棲んでいる。

――今夜は上条君と美味しいお料理を楽しまなくちゃ。すぐにはダメでも、少しずつ、変わっていければいい。変わらなければだめなんだ……。

自分の心にそう言い聞かせながら玄関を出ると、日は沈みかけ、薄紫の空が広がっていた。見上げれば、遙か高く輝く月のずっと下で、小さな星がぽつんと寂し気に瞬いていた。

☆

唯織は、制限速度ぎりぎりで車を走らせていた。

自宅の駐車場に停めるのももどかしく、門の前の道路に横付けする。唯織の家は古い家だが、数年前に一部を最新式に改装した。

自宅前のゆるやかな参道の先には、数百年前から鎮守する由緒ある七神神社の鳥居が見える。近所の人たちに久龍のお屋敷と呼ばれている唯織の家の門も、参道の景観を損なわないよう、落ち着いた檜の数寄屋門《すきやもん》に建て変えていた。

暗証番号を入力すれば、横長の大きな檜板《ひのきいた》の門が自動でスライドするのだが、その時間さえももどかしい。

唯織は開きかけた扉からすばやく中に滑り込む。広い玄関から長く続く廊下を進み、父がいつも過ごしている居間の襖を勢いよく開けた。

案の定、父は神が宿る木といわれる、お気に入りの神代木《じんだいぼく》のテーブルの上に碁盤を置いて、優雅にパチンパチンと碁を打っている。

息を荒げて焦燥している唯織と対照的な父の姿に、一瞬、怒りで眩暈を覚えるほどだった。

「おや、唯織、帰ってたのか。どうだ、たまには一緒に碁でも打つか」

ちらっと唯織を見てから、またすぐに碁盤に目を落とす。唯織はそれには答えず、深々と息を吸ってなんとか気を鎮めてから口を開いた。

「父さんに聞きたいことがある」

責めるような口調の唯織に父親もなにかあったと気が付いたようだ。片手に持っていた碁の本を置いて、唯織の方を向く。

「仕事のことで何かあったか？」

「違う。昔のことだ。高校生の頃、父さんが俺と十織に言ったことを覚えてる？　七神神社と久龍の家には守らねばならない戒律《とりきめ》があると」

突然の話に、唯織の父はぽかんとした顔を向けた。唯織の声は殺気を帯びている。

「こう言っただろう。久龍家の男は、七神の娘とは結ばれる事はできない。その戒律を破れば、結乃花に災いが起こる。つまり、俺や十織、久龍家の男子は結乃花とは結婚できないと」

「そんなこと言ったか？」

唯織はぐっと拳を握りしめた。

「俺が高三の時だ。十織と俺をこの部屋に呼び出しただろう」

父親は、うーむ、と小さく唸りながら腕を組み、唐突に、あっ、と声をあげた。

「おお、そうだ。思い出したよ！」

ポンっと手を叩いてから、気まずそうに唯織を見上げた。

「いや、あのな……。事情があったんだ。ちょうどあの日、十織の担任の先生から電話があったんだよ。ほら、十織は幼稚園の頃から結乃花ちゃんが大好きで追い掛け回していただろう。高校で同じクラスになったのを幸いと、休み時間もべったりで結乃花ちゃんが困っているようだと先生から連絡を受けてな。結乃花ちゃんの勉強にも影響があると困るから、ああいったんだ。結婚も交際もできないと言えば、さすがに十織も諦めて大人しくなるかと思ってな」

唯織は自分の耳を疑った。

心臓が今まで感じたことがないほど、ぎゅっと引き絞られる。

「……十織だけじゃなく……、俺も……呼び出して言ったよね」

なんとか声を絞り出すと、父親が弁解がましく答えた。

「いや、唯織も呼んで一緒に言った方がさらに信憑性《しんぴょうせい》が高まると思ってな。ほら、十織は結構、疑り深い所があるから」

唯織はとうとう頭から血の気がひいて足元がふらついた。

――九年。

九年だ。

途端に力が抜けて、がくりとソファーに座り込んで頭を抱える。

「……じゃあ、全てでたらめだということ？」

「いや、まぁ、当時、結乃花ちゃんのお母さんからも、最近、結乃花ちゃんが悩んでいる様子で心配だと言われてたんだよ。十織のことで七神さんのお宅に迷惑を掛けたら申し訳ないからな。もちろん後から唯織には本当のことを話そうと思っていて、すっかり忘れていたよ。唯織もよくそんな昔のことを覚えていたな」

誤魔化すように、ははと笑ってから、社務所に用があったのを忘れていたと、そそくさと唯織の前から姿を消した。

――頭ががんがんする。

生まれて初めて、父親を絞め殺したいと思った。

唯織も唯織だ。なぜ、十織のように真偽を確かめなかったのか。

結乃花への想いが強すぎたあまりの衝撃で、何も考えることが出来なかった。

それに父親が、まさかそんな嘘を吐くとは思ってもいなかった。口から出まかせをずっと信じきっていた自分に呆れてものが言えない——。

肺に空気が無くなったように苦しい。

唯織にとっては、震天動地《しんてんどうち》の大事件だった。

自分は結乃花になんと愚かで酷いことをしたのだろう。

彼女を忘れるために、あえて傷つけるように振った。あの夏祭りの夜、結乃花に向けた冷たい言葉が蘇る。

『結乃花とそういうの考えてないから、迷惑——』

無邪気に唯織に告白しようとする結乃花が可愛くて、そして憎らしかった。

自分も結乃花が好きで好きでしょうがないのに、彼女の想いに応えることが出来ない。

あの頃は、どんなに自分の運命を呪ったことか。

唯織が振った後の結乃花の表情が忘れられない。思い返しても、心臓が抉られるようだ。

結乃花と結ばれることはできないと父から告げられた時の唯織と同じように、衝撃を受けていたのだろう。

だが当時は敢えて結乃花を突き放さなければ、自分も彼女への思いを断ち切れないと思っていた。

逃げるように上京し、距離を置けば彼女への想いも薄れていくだろうと考えた。

だが、離れている分、結乃花への想いはよけいに募るばかりだった。

結乃花を忘れるために、言い寄ってきた女の子とも付き合ったりしたが駄目だった。

どうしても深い関係には進めなかった。心がなければ当然だ。

――やっぱり自分には結乃花しかいない。

そうはっきり自覚したのは、成人式で帰省した時だ。

友人たちとの飲み会の後、唯織は市内の高級ホテルに一人で向かった。高校三年生の時に予約しておいたホテルだった。

同じ高校に進学した結乃花は、桃の蕾が綻びたように、いっきに可愛くなっていた。地元でも由緒ある七神神社の娘という話題性も加わって、同級生にも結乃花に好意を抱いている者が何人かいた。

同じ高校にいるうちは、結乃花に好意を寄せている男どもを自分が牽制することが出来る。だが結乃花が大学に進学したら、うかうかとしていられない。大切な結乃花の初めてをどこの馬の骨かわからないやつに奪われてしまうかもしれないのだ。

そう思うといてもたってもいられなかった。

唯織が二十歳の成人を迎え、結乃花が十八歳になったら、彼女の初めてをもらう。それをきっかけに早々に婚約者にしてしまおうと心に決め、密かに計画を練った。

成人式の夜に市内の高級ホテルのスイートで、夜景を見ながら結乃花を抱こうと決めた。そして迷うことなく、二年後の成人式の夜のためにホテルを予約したのだ。

――だが、それも父親の絶望的な言葉によって粉々に崩れ去った。

「いいよなぁ、彼女がいるやつらは。成人の夜は、彼女とホテルデートだってよ。唯織は彼女はいないいんだろう?」

「……ああ、いない」

「なら、今夜、俺らと一晩飲み明かそうぜ」

成人式の夜、高校時代の男友達から誘われたが断った。自分の成人はほかの誰とでもなく、結乃花と祝いたかった。

「悪いけど、ごめん。抜ける」

「ってか、お前、彼女いないいんだろ?　どこに行くの」

と聞かれ、つい漏らしてしまった。

「グランホテル」

しまったと思ったが、「なんだよ、彼女はいないけど、セフレといいちゃつくのかよ」、「顔がいい奴は得だな」などと騒がれてしまったが、それを無視して飲み会を抜け一人でホテルに向かった。

二年前から予約をしていた豪華なスイートルームは、結乃花を連れてきたらきっと目を丸くして喜ぶだろうなと思われるムード満点の部屋だった。

全面ガラス張りの窓から市内の夜景が眼下に広がり、宝石をちりばめたような眩いほどの光が煌めいていた。

その眺めを一人で見ていたら、苦い笑いが込み上げた。

結乃花のいない部屋は、唯織にとってただの無機質な空間だった。

——それでも。

唯織は、ジャケットを脱ぐとスマートフォンを取り出した。結乃花がいなくても、結乃花を思い描けばいい。この想いを昇華させ、彼女を金輪際、忘れるために。

水も沸騰すれば熱くなる。どんどん沸騰し尽くせば、熱い想いも、いつかは蒸発して消えるのだ。

今夜、存分に吐き出したら、結乃花への想いもきっと消えてくれるかもしれない。

そう望みをかけた。

スマートフォンには、結乃花の母親が送り付けて来た結乃花の画像がある。

画面の中で、結乃花が穢れのない笑顔を浮かべていた。

——もうこれを最後にしよう。

今夜できっぱり結乃花を諦めるつもりでいた。

いつものようにズボンのファスナーを手早く下げて、ボクサーパンツの中から陰茎を取り出す。片手でスマートフォンを持ちながら、急《せ》かされたように陰茎を擦り上げた。

「うっ……、結乃花……っ」

ぬちぬちと扱くうちに、すぐに射精感が込み上げてきた。シルクのハンカチをベッドの上に急いで広げて吐精する。

「……っく」

ハンカチを結乃花の身体だと思って勢いよく噴射した。真っ青な布地に鮮やかに広がる白い液体が生々しく、背徳的な高揚感が湧き上がった。

現実では、こんな風に結乃花を穢せないからこその高揚感だった。

その夜は、妄想の中の結乃花を余すところなく堪能した。ベッド、バスルーム、結乃花とこのホテルに泊まったらしたいと思っていたありとあらゆる場所で自身を扱いた。

唯織は性欲が強いタイプだったが、若さも相まって一晩に数えきれないほど吐精した。強く扱きすぎたせいか、翌朝、陰茎が痺れていたのには自分でも苦笑してしまった。

ずっとため込んでいた想いを吐き出してしまったが、罪悪感は湧かずに、思いのほか目覚めはすっきりとしていた。

なによりも、成人式の夜に、結乃花を想いながら一人で過ごせたことに満足した。

だが、やはりどんなに吐精しても結乃花への想いは消えてくれはしなかった。

「俺はやっぱり結乃花じゃなきゃダメみたいだな」

それなら、この想いは胸に秘めたまま、ずっと結乃花を陰ながら自分なりに守っていこうと、誓いを立てた。久龍の血には抗えない。なにがあろうと、七神の姫である結乃花を守ることが自分に科せられた使命なのだ。

九年もの間、自分をそう戒めてきた。

——それなのに。


唯織はソファーで項垂《こうべ》れたまま、呆然としていた。

ショックのあまり身動きができない。

——全ては、父の嘘だった。

だが、ずっと唯織を苛んできた呪縛は解かれたのだ。

言葉にならない結乃花への気持ちが堰を切ったように溢れ出してくる。好き、という気持ちで心臓が痛いほどぎゅっと締め付けられた。

これまでの九年間、こんなにも結乃花が恋しいと感じたことはない。

——結乃花が好きだ。欲しいのは結乃花だけだ。

諦めていた未来を、結乃花とともに歩むことが出来るなら。


唯織はもう、自分を抑えることが出来なかった。

時計を見ると、午後七時になろうとしている。

——行かなければ。

それまで動かなかった身体が急に軽くなる。

唯織の心にがっちりと嵌《は》まっていた枷《かせ》が取れたのだ。

急いで門の外に出ると、外はもう暗くなっていた。誘われるように見上げれば、明るい月の下に、小さな星が瞬いている。手を伸ばせばすぐに掴めそうなほどに。

唯織は逸《はや》る心を抑えて、七神神社に向かって歩きだした。

一刻も早く、結乃花に本当の自分の想いを伝えたい。

やっと手に入れることが出来る。結乃花がいてくれれば、唯織に他に欲しいものなどない。心が熱くなり、どう彼女に切り出そうかと考えていると、眼前の鳥居の方から車のライトがぱっと光った。

唯織は顔の前に手をかざし、一瞬、眩しさに目を細めた。

結乃花の声がした気がしてよく見ると、お洒落をした結乃花が、どこか見覚えのある若い男の車に乗り込んでいた。楽しそうに笑い合っている。

――確か結乃花の高校の同級生だった男だ。

その光景に、身体が一瞬で凍り付く。

暗いせいか、結乃花に唯織は見えていないのだろう。

唯織の目の前を、二人の乗った車が悠然と通り過ぎるのを目で追うと、闘争本能に火が付いた。

横取りされた獲物を追いかけようと、すぐに路肩に停めていた愛車に飛び乗った。

瞬時にエンジンをかけアクセルを踏みこむ。グォンと唸るような排気音を吐き出し、ひと気のない参道を勢いよく走り出した。

唯織の愛車の利点は、ここにある。

暗闇に溶けるような黒い影が、自分たちの車をひたりと追いあげていることに、前の二人は気が付いていなかった。

第六章　九年越しの告白

「苦手な食べ物とかない？」

車のハンドルを握りながら上条が穏やかに声を掛けた。

「うん、大丈夫。でも、脂っこいものは苦手かな。上条君は？」

「俺も好き嫌いはないけど、甘い味付けが苦手だな。ほら、例えば甘い玉子焼きとかさ」

そう言われて、結乃花はうっと唸りそうになった。

好みが合わないとは、いきなり死球を投げられた気持ちになる。だがここは大人の対応でスルーした。

「今夜のコース、楽しみだね」

「うん、あのさ、結乃花ちゃんは、お酒は飲める？」

「あ、普通に飲めるよ。ワインとかも好きだよ」

「へぇ、意外。巫女さんはお神酒以外、飲んだらダメかと思った」

冗談めかす上条の言葉に、笑顔で返す。

お酒の話題になれば、二十歳になったら唯織と二人でお酒を飲んでみたかったな、などと思う自分に呆れてしまう。それも、もう仕方がないと開き直る。

徐々に思い出す回数を減らせばいい。

これまで唯織で占められた心をそう簡単に、『唯織が無い心』に置き換えることはできないからだ。

「じゃあ、シャンパンで乾杯しようか。帰りは代行頼めばいいし」

「わ、楽しみ……」

咄嗟に返した言葉は本心ではないような気がした。ますます、後ろめたい想いが広がっていく。

ひょっとしたら、唯織以外の男の人と二人きりでの食事は、まだ早かったのかもしれない。胸の奥に小さな痛みを覚えたが、あえて考えないようにした。

何も考えずに、上条君とお料理を楽しめばいいのだ。

車を久龍ビルの隣にある立体駐車場に預けると、二人で連れ立ってエントランスに向かう。

一階のフロアは、昼間の明るい照明から雰囲気のあるダウンライトに切り替えられていた。金曜日の夜ということもあり、ちょうど音楽イベントが開かれていた。ガラスの滝の横にあるグランドピアノから、しっとりとした旋律がフロアに響き渡っている。

夜はカップルの姿が多く、それぞれが二人の時間を楽しんでいるようだった。

――唯織《いお》くんはもう家に帰ったのかな。

久龍ビルにくると、つい唯織のことを考えてしまう。結乃花の悪い癖だ。いつも無意識に唯織の姿を探してしまうのだ。

「行こうか?」

「あ、うん」

上条が声を掛け、二人は並んで中央のエスカレーターに向かう。

こうして唯織じゃない男の人と歩くのは慣れなくて、また別の緊張をしてしまう。

でも、いつかは当たり前になるときが来るのだろう。

レストランに向かう上りエスカレーターの少し手前で、上条がいきなり足を止めた。

結乃花は不思議に思って顔をあげた。

「……どうしたの?」

「あのさ、無理を承知でお願いしてもいいかな。すごい不躾《ぶしつけ》なのは分かっているんだけど……」

「え?　なに?　遠慮しないで言ってね。私にできることならするから」

それなら、と上条が結乃花に向き直る。

「――手、繋いでもいいかな。実は高校の時から、結乃花ちゃんのことをいいなってずっと思ってて。今夜一緒に食事に行けると思ったら嬉しくて、今も気持ちが舞い上がってて、無性に手を繋ぎたくなった」

照れながら上条君が手を差し出して来た。一瞬、躊躇《ため》った後、結乃花も自分のそれを重ねようとして、はっとした。

大きくて男らしくて、優しそうな手だった。

でも、唯織とは違う。

結乃花の体温に馴染んだ唯織の温もりは、この手にはない。

そう思った瞬間、全てを悟った。

やっぱり無理だ。どうしても自分の心に嘘は吐けない。

「……か、上条君、私……」

熱くて苦しい想いが溢れてきて、言葉に詰まる。

彼に悪いことをした。結乃花はやっぱり自分の心を『唯織が無い心』に置き換えることはできない。

「結乃花ちゃん？」

ぐっと込み上げてきた想いで涙ぐみそうになる。

ここで泣くまい。なにより優しく接してくれている上条に申し訳ない。

零れ落ちそうになる涙を懸命に堪《こら》えて上条を見上げたとき、エントランスからよく通る声が響き渡った。

「――結乃花！」

ピアノの音色をかき消すような声に、フロアにいた全員が何事かとエントランスを振り向いた。

ひときわ背が高く、すらりとした体軀の人影が、まるでモーゼの十戒のごとく人波を割りながら向かってくる。

「ああ、やっぱりご登場か……」

上条が天を仰ぐ。半ば想定内だったような、諦めた声が落ちてきた。

結乃花は目の前の光景が信じられなかった。唯織への想いが募りすぎて幻覚《まぼろし》を見ているのだろうかと目を瞬く。

まるで見えない糸でピンと繫がっているように、唯織は結乃花をまっすぐに目線で捉えている。

ただならぬ様子に、周りにいた人たちが次々と唯織のために道を開け、王者のような足取りで悠然と近づいてくる。

いつの間にかピアノの音も止み、フロア中の人たちが息を吞んでこの出来事を食い入るように見つめていた。

「結乃……」

結乃花の前で立ち止まった唯織が、一瞬、眩しいものでも見るように目を細める。

雨上がりのような澄んだ双眸。翳りのない眼差しが向けられ、結乃花の心がどくどくと高鳴り始めた。

唯織は乱れた髪を無造作にかき上げてから、上条に真っすぐに向き直った。

「申し訳ありません。あなたに結乃花は渡せない。いや……。誰にも渡すことはできない」

毅然とした声を耳にして、結乃花は放心して立ち竦む。

唯織の言葉をきっかけに、まるで風向きが変わって行くような気持ちになった。

結乃花の心の霧が晴れ、視界が開けていく。

上条は一瞬怯んで息を吞んだものの、負けじと言い返そうとしたところで、はっとして身を強ばらせた。

隣にいる結乃花が、言葉もなくただ唯織を見つめている様子に気がついたようだ。

今の結乃花の瞳に、唯織しか目に映っていないのは誰が見ても明らかだった。

全てを諦めたように、はぁっと肩を落として苦笑する。

「久龍さん、実を言うとこれで二回目です。高校生の時も、あなたが上京すると聞いて、ようやく邪魔者がいなくなって結乃花ちゃんに告白できる思ったところで、結乃花は自分のものだから近づくなと牽制されました」

初めて聞く話に結乃花は驚いて、唯織と上条を交互に見た。

上京前というからには、唯織が結乃花に迷惑だと拒絶した後のはず。

なのに、なぜ？

結乃花は訳が分からずに困惑する。

「今もあなたに負けたくない気持ちがあります。でも……」

上条がゆっくりと結乃花に眼差しを向けてから声のトーンを力なく落とした。

「どうやら、結乃花ちゃんが待っていたのは、僕じゃないようだね……？」

上条に見つめられた結乃花は、本心を言い当てられ、身の竦む思いがした。ここに唯織が現れなかったとしても、結局、唯織を想う気持ちに嘘は吐けなかっただろう。

「――ごめんなさ……っ」

言い終わらないうちに上条が首を横に振る。

「お幸せに、とは言えないけど、邪魔者は潔く退散するよ。……でも、あなたが彼女を泣かせるようなことがあればその時は遠慮しない」

最後に少し語気を強めた言葉は唯織に宛てたものらしい。

上条は唯織と束の間、視線を交し合うと、「じゃ」と小さく呟いて、来た道を一人で戻っていった。

エントランスの中の人々は、いまだにシン……と息を詰めてエスカレーター前の二人に注目している。

だが、唯織も結乃花も周囲のことなど視界に入らず、目の前の相手しか見えなかった。

どうして今になって？　婚約者がいるのになぜ？

胸の奥がきりきりと痛む。さっき唯織から出た言葉をそのまま信じていいのだろうか。

また傷つきたくない。再び唯織から突き放されたら、もう二度と立ち直れない気がする。

「こ、婚約者の女性《ひと》は……んッ」

瞼を震わせながら見上げると、唯織は結乃花の手をぐいっと引いて胸の中に抱きしめた。

硬い胸板が結乃花の柔らかな肢体を苦しいほどにぎゅっと包み込む。

「結乃、さっき言ったことは俺の本心だ。もう君を手放すつもりはない。それに許してもらえるかどうか分からないが、事情は後で話す。どうか信じて欲しい……」

スーツ越しに唯織の体温が伝わり、狂おしいほど恋しい香りに包まれる。

一瞬にして、好きという想いが身体中に迸る。

「結乃、ずっとずっと好きだった。もう俺の大切なものを手放したりしない」

唯織が瞳を柔らかく細めて結乃花を見下ろした。

途端に、きゅんと切なく心が震えてしまう。

ああ、この眼差しがずっと欲しかった。中学の時も、高校の時も、この瞳で見つめられれば、心の甘い高鳴りを抑えることが出来なかった。

唯織が離れていた間も、どんなにこの眼差しを恋しく思ったことだろう。

「私も唯織《いお》くんのことが好き……。一度は諦めようと思ったの。でも、どうしてもダメだった。唯織《いお》くんにずっと変わらず恋してる」

すると唯織が額に片手をあてて、はぁと溜息を零したまま動かない。

――どうしよう、唯織《いお》くんの告白を誤解した……？

唯織の好き、と言う気持ちは妹を思う兄のようなものなのだろうか？

妹を思うあまり近づく男を遠ざけただけ？

「あの、今の忘れて。早とちりしちゃって……」

俯きかけた結乃花の頬を唯織の掌《てのひら》がひたりと包む。すぐそばにある逞しい身体から唯織の熱が伝わってきた。

「――まったく、俺をおかしくさせるのは結乃花だけだ」

秀麗な顔が、今まで見たことがないくらい嬉しそうに破顔した。

もう我慢できないというように結乃花をぴったりと自分に引き寄せると、唯織の唇が結乃花のそれにゆっくりと重なった。

覆い被さる形のいい唇が、結乃花をこの上なく可愛いものだと伝えるように甘く優しく撫でる。

結乃花は心までもふわふわと舞い上がり、蕩けてしまいそうになった。

ようやく二人の気持ちが唇と同じように重なり合い、絡みあう。

唯織から与えられる目も眩むようなキスに、結乃花は瞼を閉じて心を熱く蕩けさせる。

その瞬間、エントランス中から溜息と拍手が沸き上がった。

それまで音を潜めていたピアノも、まるで二人のために、流れるように愛のメロディーを奏で始めた。

☆

「結乃、おいで」

腰に手を回され連れてこられたのは、久龍ビルの最上階にある唯織のマンションだった。

最近は自宅に戻る余裕もないほど忙しく、もっぱらここで寝泊まりしていたのだという。市長の娘とのことも結乃花の誤解だったことが分かった。

唯織はエレベーターの中でこれまでの経緯《こと》を説明し、高校生の時に結乃花の心を傷つけたことも謝ってくれた。

結乃花は驚きのあまり、しばし絶句する。

二人を引き離していたのはほんの小さな行き違い。

久龍のおじ様のついた嘘が、まるで水の流れを止める堰《せき》のように、九年もの間、唯織と結乃花の時を止めていたのだ。

「……信じられない。じゃあ、結局、私たちはずっと両想いだったの……？」

どうやらそのようだと唯織も苦笑する。

「実は、結乃花と二人で駆け落ちしようとも考えた。久龍と七神の家を捨ててね。俺は結乃花と一緒ならどこでも暮らしていける。でも、結乃花を愛する人たちを悲しませ、結乃花に七神神社を捨てさせることはできなかった」

結乃花は心が熱くなりぎゅっとその逞しい身体に抱きついた。

唯織は自分をずっと大切に思ってくれていた。自身の気持ちを優先するより、結乃花のことを第一に考えてくれていたのだ。改めて唯織への好きな気持ちが溢れてくる。

もし自分が唯織だったら、きっと同じようにしていただろう。

「結乃花、許してくれるか？　九年も苦しい思いをさせてしまった」

「それは私も同じ。もっと自分の心に正直になればよかった。そもそも唯織《いお》くんを追いかけて東京に行けば誤解も解けていたかもしれないし」

お互いがお互いを懸命に忘れようとしているうちに、九年の歳月が流れてしまったのだ。

「もし、泉の水が枯れなかったら……」

「ああ、今頃、まだお互いにずっと誤解していたままだったかもしれないな」

泉が枯れたことをきっかけに、二人は伝説に則って『移しの露』の儀式を行った。

初めての夜、唯織と肌を重ねた記憶が蘇《よみがえ》る。

あの儀式から、二人の止まった時が再び動き始めたのだ。

もし泉が枯れなければ、たとえ唯織が地元に戻ってきていたとしても、よそよそしいままだったに違いない。

「俺のことをずっと待っていてくれてありがとう」

唯織が結乃花の頤《おとがい》に指をあて、くいっと上向かせる。細められた瞳が、まるでこんなに愛しいものはない、というような優しい光を放つ。

「好きだけじゃ足りない。結乃花の無い人生なんて考えられない……」

唯織が顔を伏せて、結乃花の唇に熱い思いを重ねてくる。昔から冷静な唯織が、こんなに自分の感情を剝き出しにするなんて、稀有なことだ。

結乃花も唯織の唇を求めるように上向いてキスに応えた。唯織は少しも離れたくないというように結乃花の腰を引き、頬を包んで甘く何度も唇で愛撫する。

結乃花の身体中の細胞が目覚め、心が震えるようなキスにうっとりと身を任せる。

——唯織が好き。

もうこの気持ちを隠したくない。

「ふぁ……、唯織《いお》くんっ……」

「結乃、今夜は儀式でも何でもない。ただ愛し合おう」

唯織は玄関先を上がったところで、結乃花を抱き上げだ。お姫様抱っこなどではない。

自分の腰に結乃花の脚を回し、その身体を掲げあげるようにして、互いに何度も求めるように口づけながら、広い寝室のベッドに倒れ込む。

「結乃、もう待てない」

掠れた声で結乃花のワンピースを性急に脱がす。唯織は背中に深いスリットが入っているのに気付いて、顔を青くした。スリットから覗く結乃花のなめらかな背筋をそっとなぞる。

「結乃、お願いだから、誰かと出かけるときにこんな刺激的なワンピースを二度と着ないでほしい」

本当は唯織と出かけるときに着たかったのだと、結乃花が説明してもだめだった。

「結乃花の素肌は、誰にも見せたくないんだよ」

唯織が生まれたままの姿になった結乃花を、大事な宝物のようにベッドに横たえた。

最上階のせいか、唯織のベッドの頭上には大きな天窓があり、星の瞬く夜空が結乃花を見下ろしている。

唯織もすぐさまスーツを脱ぎ去り、見惚れるほどの裸身が露になる。ギリシャ神のような無駄な肉のない均整の取れた肉体だった。

綺麗に割れた腹筋の下方には、男らしい茂みから堂々と屹立がそそり勃っている。行為の最中はなるべく見ないようにしていたが、かなりの大きさに息を呑む。

それが唯織の切羽詰まった思いを露にしているようで、恥ずかしさと嬉しさがない交ぜになる。

自分も唯織に伝えたい。

覆いかぶさろうとした唯織を制し、自分から気持ちを伝えるようにぎゅっとしがみ付いて抱き合った。お互いの素肌から伝わる温もりと、どきどき、という鼓動がじかに伝わり、結乃花はしばし目を閉じて幸せな気持ちに浸る。

ずっとこうしていたい。

――が、唯織が何かに耐えるように天を仰ぐ。

「ごめん、結乃。その、ただ抱き合っているだけじゃ俺も色々辛い」

二人はゆっくり抱擁を解くと、唯織が結乃花の頬を手で包み込んで苦笑する。

確かに結乃花と唯織の間には、すでに準備万端の屹立《ソレ》が割り込んでいた。痛みがあるのではと思うぐらい赤黒く充溢して、先端は透明な雫が滲んで濡れている。

「――すごい、唯織《いお》くんの大きくて太い……」

これがいつも結乃花を気持ちよくしてくれたと思うと、この上なく愛おしく感じ、今度は自分が唯織を気持ちよくしてあげたくなった。

「結乃花、煽らないで。もういいか……うッ」

「唯織《いお》くん、私に気持ちよくさせて……」

「結乃っ、ま――ッ、く……」

制止される前に、唯織自身を両手で包みこんだ。

――すごい。

長さも太さも、かなり手に余る。

自分から言い出したものの、とたんに怖気づいてごくりと喉を鳴らす。

清廉な雰囲気を纏った唯織の外見からは想像もできないほど禍々しい。

でも紛れもなく唯織のものだ。根元は太い棒のようでもある。

人の身体の一部が性的興奮でこんなに固くなるなんて驚きだった。見ているだけで、結乃花も興奮してどきどきしてしまう。

技巧など何も分からない。ただ唯織に気持ちよくなってほしい。

結乃花は、吸い寄せられるように唯織の昂りに顔を近づけた。

ほんわりと青臭い香りが漂うが、嫌じゃない。むしろ、いつも唯織から漂う檜葉の香りを濃くした感じで結乃花にとってはなじみ深い。

舌を伸ばすと、先端の丸みのある部分から火照るような熱が伝わってきた。棹の部分とは違いすべすべで、厚みのある花びらを舐めているような繊細な感触だ。

唇をすぼめて、切れ込みから溢れる透明な雫をちゅっと吸い上げるように口づけする。濃厚な唯織の匂いに立ち上りくらくらしそうになる。同時に、どうしようもないほどの高揚感が胸いっぱいに広がった。

自分がとても淫らなことをしている自覚はある。

唯織の一番敏感な部分を愛撫しているのだと思うと、愛しくてたまらない。

恐る恐るではあるが、そのまま先端のカーブした部分をたっぷりと舌でぺろぺろと舐め回す。唯織の太茎が嬉しそうに、握った手の中でビクビクと震えたので目を瞠る。

「――ッ、どうにかなりそう……」

漏れた声が感極まっている。

嬉しい。唯織にもっと感じて欲しい。

結乃花が今度は先端をきつめにちゅっと吸い上げると、唯織が腹の底から感慨深げな吐息を漏らし、結乃花の心臓が跳ねる。

唯織にもっともっと気持ちよくなってもらいたい……。

口の中に含もうと、大きく口を開けたところで唯織に止められた。

「これ以上はだめだよ、結乃」

ぱふん。

あっけなく唯織にベッドに押し倒される。

唯織が不敵な笑みを浮かべて、結乃花を見下ろした。

「結乃花の小さな舌でちろちろ舐められたら堪らない。その可愛い口に含まれたらすぐ出ちゃうからね。でも気持ちよかったよ。俺もお返ししよう」

「えっ、まっ、唯織《いお》くん――――んんっ！」

両脚をぐいっと軽々と眼前に持ち上げられた。無防備にも、なにも覆うものもなく唯織にお尻が晒されてしまっている。

こんな体制では、きっと秘部も後孔さえも丸見えだ。

あろうことか、今夜は満月だった。

天窓から差し込む月の光が、ちょうど自然のスポットライトのように、結乃花のそこを青白くほんのりと照らし出している。

「――――ん、結乃花も綺麗だよ。ここも気持ちよくなろうな?」

唯織は長い中指をぺろりと舐めてから、結乃花の中心にゆっくりと沈み込ませた。

「ひゃぁんっ……、だめぇ」

「ああ、柔らかいのにキツく締まる」

「あ……、やぁ……、そこは……んッ」

奥へと挿入されて勝手に腰が浮き上がる。濡れそぼっていた蜜口からくちくちと蜜の弾ける音が響き、久しぶりに異物が奥に入ってくる感覚にぞくぞくした。

指一本でさえ、淫らに感じてしまう。

唯織が結乃花の中に入っていると思っただけで、下腹部がじぃんと痺れる。

はしたなくも快感が込み上げて、蜜路がきゅっと唯織の指を喰い締めた。

正直な身体は、唯織をもっと感じたくて、その指を食むようにひくひくと蠢動する。

「ん、いい子。やっぱり結乃は可愛いな。俺をこんなに欲しがってるよ。何度かイっておかないとね」

指の付け根まで余すところなく挿入すると、今後はぐちゅ、ぐちゅと抜き差しを開始する。

「あ……、やだ、だめ……、あぁっ……」

「ダメじゃないだろう？　結乃、気持ちいいと言ってごらん？」

二本に増やされた指が、肉襞を愛でるように滑らかに動かされるのが堪らない。

唯織の指のごつごつした節が、媚肉と擦れて蜜汁が溢れ出す。

「ほら、結乃花の中、蕩けそう」

尻を剝き出しにされ、太腿を高く掲げられたまま、もったいつけるようにぬぽぬぽと蜜口を抜き差しされている。結乃花の感じる場所を執拗に責め立てられて我慢など利くはずもない。

腰骨から堪らないほどの快感がせり上がる。

「あ……んッ、も、だめ。きもち、いい……ッ」

理性などドロドロに蕩けそう。

結乃花は身体をぶるっと震わせた。瞬間、我慢できずに秘所からぴゅっ、ぴゅっと蜜が吹きこぼれる。

「……あ、はぁっ」

「いい子、中でイけたね。甘そうな蜜をこんなに滴らせて……」

唯織が今度は軽々と結乃花の脚を開くと、顔を伏せて甘蜜をじゅるっと吸い上げる。

吸い上げるだけでなく、一滴も零すまいとするように丹念に舐めて味わっている。

「やっ、舐めちゃ、ふぁぁっ……」

「――ん、結乃花は甘い」

信じられない。

ぬるぬるしたモノが、結乃花のあられもない部分を満遍《まんべん》なく味わっている。

喉を鳴らすような低い吐息とともに、温かなぬめりが這いずり回る感触に我を忘れそうなほどだ。

舌先が深く沈みこみ、襞の中に溜まった蜜でさえ、ご褒美と言わんばかりに嬉し気に舐めとっている。

ゆる、ゆる、と丹念に動く舌の感触が堪らない。

開いた足は閉じようとしても力が入らなかった。ただ唯織の舌の動きに合わせて腰が淫らにうねる。

結乃花は指を嚙んで秘部を蠢く感触に耐えるが、敏感な場所をたっぷりと解され、快感にただ身悶えることしかできない。

「くぅ……んっ、んっ」

「ここも可愛がろうな」

花びらをぱっくりと両脇に開き、剝き出しになった快楽の蕾を舌先で転がされる。

息を呑んだのも一瞬で、とうに慎ましさをなくした花芽がひくひくと歓喜に戦慄き、唯織の舌を欲しがっている。

よしよしと甘やかすように、輪郭にそって何度もなぞられれば、ひとたまりもなく高みに押し上げられる。

「あぁっ……んっ、唯織《いお》くん、そこだめ……、おかしくなっちゃ——んっ」

そう懇願したのと唯織が敏感になった花芯をしゃぶったのは同時だった。

生温かな口の中で、味わうように吸い上げられた瞬間、結乃花の意識までも吸い上げられて天窓の向こうの星空に飛ばされる。

「ああ、結乃、可愛い。俺の結乃花がこんなにエロく育ってくれて嬉しいよ」

妖艶に笑いながら、口元を拭う唯織が信じられない。

普段の凛々しい唯織から、誰もこんなに淫らな唯織を想像できるはずがない。

かろうじて残された意識を総動員して、恨みがましく睨んだものの、唯織は極上の甘い笑みを向けてくる。

全く悪びれていない。だから余計に性質《たち》が悪い。

「結乃、ごめん。久しぶりだから俺ももたない」

「えっ、ひゃぁんっ」

まだ絶頂の余韻が冷めやらない力の抜けた脚を軽々と左右に割った。

恥ずかしすぎる体位に、見ていられない。

結乃花が顔を逸らすと、剝き出しになった秘部に、熱い滾りが押し付けられた。

「結乃、挿《い》れるよ」

ぐぷっと音がして、蜜路が嬉しそうに唯織の陰茎を呑み込んでいく。

「あふっ……んんっ」

指とは存在感がまるで違う。

唯織のその質量に息もできないほど圧倒されてしまう。

閉じた隘路をこじ開けながら、太く長い塊が奥へ沈んでいく感触に、腰骨が痺れて愉悦が溢れてくる。

「──ああ、結乃、気持ちいい……」

快感に浸っているような声が降ってきた。

見上げると、欲情を孕んだ凄艶な表情に結乃花の肌がざわりと粟立つ。

唯織の乱れた吐息さえも、情欲の色香を纏っているようだ。

ぴったりとお互いの性器が密着する。

恥骨が唯織の茂みに触れ、ざりっと擦れる感覚に堪らなくぞくぞくする。

なにより奥深くまで紛れもなく唯織の幹でいっぱいにされている。

どくどくと熱く脈動する唯織の一部が愛おしい。

儀式でも義務でもない。心と身体の奥深くで唯織と繋がり合っている。

その事実がただ嬉しい。

二人がなんのわだかまりもなく、心から繋がっていると思うだけで、蕩けるような気持ちよさが広がってくる。

結乃花が感極まって涙を零すと、唯織が優しく唇で吸い取った。

「結乃花、愛しているよ」

「唯織《いお》くん、私も好き……」

二人は下腹部で繋がり合いながら、互いに蕩けるように口づけた。

目も眩むほどの幸福で、乾いた心が満たされていく。

「結乃、ごめん、限界。ちょっと本気だして動いていい？」

唯織の額にはいつの間にか、汗の粒が浮かんでいた。結乃花の膝裏をぐいっと掲げると、まさに本腰を入れるように、ストロークを開始する。

「ひゃぁんっ……」

容赦なく最奥を穿たれ、柔らかな肉襞を存分に抉られる。長い陰茎が余すところなく結乃花の蜜壺を満たし、ぐちゅぐちゅと卑猥な音を立てて幾度となく掻き回す。

唯織の波打つような腰の動きを感じるだけでも、身体の奥が切なくなる。結乃花の気持ちいい所を分かっているように、奥をぐりぐりと責められ、狂おしいほどの甘い痺れが全身に伝わっていく。

「はぁ、唯織《いお》くんっ、唯織くん……ッ」

「結乃はこれも好きだろう？」

唯織が両手を結乃花の指に絡ませながら、幹をたっぷりと擦りつけるように揺さぶってきた。今度は、ゆっくりと出し入れされる。抽挿が甘やかすようなストロークになり、まるで身体が唯織と溶け合ってしまったみたいだ。

媚肉がきゅんきゅんうねり、甘く騒めいて唯織の陰茎に絡みつく。

「――はっ、結乃、激しくするよ」

吐息が荒々しくなり、猛然と突き上げを開始した。

唯織は結乃花の首筋に顔を埋めて、腰を淫らに揮い激しく肉槍を前後させる。

ぱしゅん、ぱしゅんという打擲《ちょうちゃく》音も切羽詰まったものに変わっていった。ときおり唯織が苦し気に唸り、快楽を追い上げようとする姿態は、男の凄艶な色香がだだ洩れだった。

これほど余裕のない唯織を感じるのは初めてだ。

でも、この上なく愛しくて幸せで、結乃花も蜜汁を溢れさせながら肢体をくねらせる。

「結乃花の中、こんなに俺を欲しがって絡みついてくる」

「ひゃっ……、あんっ、も、駄目……ッ」

今まで空っぽだったお互いの空洞を埋め尽くすような深い結合。

胎の中に感じる唯織の存在以外、もう何も考えられない。

結乃花は左右に髪を振り乱しながら、身を震わせ嬌声をあげた。

「んっ、唯織《いお》くん、欲しいの……っ」

「いい子、たっぷりあげるよ」

ずくんと突き上げられ、今までにないほど奥深くで繋がった瞬間、まるで封印が解かれ堰が切れたように白濁が勢いよく流れ込む。

唯織の陰茎がビクンビクンと大きく脈動している。

上半身をぐっと逸らし、逞しい筋肉を震わせながら射精している唯織の姿に、目を奪われた。龍神が降臨したかのように神々しい。

渇いた泉が満たされるかの如く、結乃花も絶頂に押し上げられ法悦に満たされた。

射精を終えると、繋がり合ったまま、ふたたび唯織にぎゅっと抱きしめられる。

これまで交わった儀式とは比べ物にならない交わりだった。

心の奥底から愛しい気持ちが溢れ、二人は目も眩むほど恍惚として互いの幸せに包まれた。

唯織が口づけながら甘い愛の言葉を囁いている。

だが唯織で心も身体もすっかり満たされた結乃花は、あっけなく思考を停止してしまう。

愛しい唯織の温もりに包まれ、結乃花の心は、その腕の中でとろとろに蕩けていった。

☆

微かに聞こえてくる軽やかなデジタル音に、心地よい微睡みから引き戻された。

睫毛を揺らし瞼を開けると、すぐ後ろから逞しい腕がにゅっと伸びて、ベッドサイドに置いてあったスマートフォンを無造作に摑む。すると、うなじのあたりから掠れた低い声が結乃花の耳朶を甘くくすぐった。

「……はい、唯織です……、春日さん？」

幸せな夢をまだずっと見ていたい気分だったが、その声でぼんやりしていた意識が覚醒する。

乱れたベッドに横臥している結乃花は、後ろからぴったりと逞しい体軀に抱き込まれていた。

まるで結乃花の温もりを少しでも放すまいとするように、胸板や腹筋のひとつひとつの盛り上がりが感じられるほど、唯織と隙間なく密着させられている。

それだけではない。

逞しい太腿に足を絡められ、結乃花のお尻の谷間に、あるものがぴったりと張り付いているのだ。熱くて長い物体が。

夢かと思ったが、夢ではない。

——どうしよう。これって、唯織《いお》くんの……？

そう考えただけでドキドキする。

夕べ、さんざん求めあったというのに唯織の精力に愕然とする。

それでも朝目覚めてすぐは、男の人は生理的に元気になると聞いたことがある。

しかしながら張り付いているモノは、夕べのあれこれを全く感じさせない佇まい、とでも表現したらいいのだろうか。

結乃花の方は気だるさに包まれ、まだ唯織が自分の中にいるような気さえする。熱く唯織に抱かれたことを思い浮かべただけでも、脚の付け根がじんと痺れてしまうほどだ。

身じろぎしたせいか、解き放たれた精の残滓がとろっと零れてきた。結乃花は我慢できずに、微かに腰を動かし、んっと甘い吐息を漏らす。

すると唯織の雄が反応してビクン蠢き、硬さを増しているようだ。

無視しようと思っても、結乃花の尻と唯織の腹の間に鎮座する存在感の半端ないモノが、どうしても結乃花の意識を攫ってしまう。

ぴったりと張り付いた淫らな形をしたものが、ぐぐぐっと包皮から伸び出すようにさらに成長し、切っ先が背中にあたる。

しまいには張りつめたエラの形がくっきりと分かるほど、むくりと頭をもたげてその熱を伝えてくる。

——うそ。ますます大きくなってる。ど、どうしよう……。

結乃花は全身を朱く染めながらも、なんとかお尻だけでもソレから放そうと試みる――が、かえって尻肉で擦《こす》り上げてしまった。

「――っ、結乃、動かないで……、あ、いえ、なんでもありません。ええ、もう少ししたら伺います」

電話が切れた途端、スマートフォンを持った腕が、ばたっと力を落として結乃花を包む。

唯織がうなじに顔を摺り寄せて、はぁっと盛大に溜息をついた。

「おはよ、結乃花。ごめんね、まだ足りない。抱かせて」

「えっ、ひゃんっ」

いとも簡単にごろんと結乃花の向きを変え、唯織が覆いかぶさってくる。夜の余韻を残した切れ長の瞳は蕩けそうなほど悩ましい。

明るい陽の光の中で見ると、唯織の艶《あで》やかで張りのある逞しい体軀が余計に眩しく見える。

朝だというのに、男の色気があちこちから駄々洩れだ。

「結乃花は寝起きでもとっても綺麗だね。神様からご褒美をもらった気分になる」

朝から眼福なご褒美をもらったのは結乃花のような気がするが、唯織は掠れた甘い声で囁きながら、結乃花の太腿を掲げ、ちゅ、と内側に口づける。

瞬時にじんっと全身に震えが走ったが、結乃花は慌てて逃げるようにベッドをずり上がった。

「結乃……？」

「……あの、で、電話、どこから？　その、私も家になんの連絡もしていなかったから」

そういえば、結乃花は母親に何も言わずに無断外泊をしてしまった。上条と出かける時に、遅くなるとは言ったものの、朝になるとは伝えていない。

門限などは特にないが、同居する一人娘が帰らなければ、親は心配するだろう。

さらに言えば、上条と出かけていたはずなのに、こうして唯織の部屋で一晩を過ごしてしまっている。父や母に、なんと言い訳すればいいのだろう。

結乃花が表情を青くして困っていると、唯織がクスッと微笑んだ。

「結乃花の家には夕べ遅くに電話で伝えておいたから」

「え……」

いったいいつの間に？　いえ、たぶん電話できる余裕が唯織にはあったのだろう。なにしろ、結乃花は気持ちよさに気を失いそのまま眠ってしまったのだ。

「ああ、気が付かなかった？　心配したおばさんから結乃花のスマートフォンに着信があって、ここに泊めると伝えておいた。おばさんも俺と一緒だと聞いて安心していたから、大丈夫だよ」

自信満々で言う唯織に結乃花は困惑が隠せない。

「――ありが、とう……」

とは言ったものの、それはそれで色々不都合がある気がする。

上条と出かけておきながら、唯織と夜中に一緒にいた娘。さらに唯織の家に泊めると言われた母はどう思ったのだろう。それなのに、安心していたとは？

昔から結乃花よりも、唯織ファーストの母親だが、唯織に泊めるから安心してと言われてほっとするなんて、親として大丈夫なのかと思いたくなる。

「ああ、それと今の電話は春日さんから。泉にいい変化があったらしいから、来てほしいそうだ」

「じゃ、あの、急いで支度しなきゃ……きゃっ」

起き上がろうとした結乃花をぽんとベッドに沈み込ませる。結乃花はきょとんとして唯織を見上げると、悪い表情《かお》で微笑まれた。

「もう少ししたら行くと返事した。結乃が欲しくてこんなになってるから。ごめん、すぐ済むから鎮めさせて」

「だっ、い、唯織《いお》くん、だって朝だし……」

「ああ、結乃花は夕べの名残でまだとろとろだね。これならすんなり入るな」

「ちょっ……、まって。んっ、唯織《いお》くん……！」

結乃花に酔うような眼差しを向けていた唯織が首をかしげる。

「結乃花はいや？」

——そ、そうじゃない。昨日もシたばかりなのに、なんというか、朝からこんなこと、いいのだろうか。

結乃花が答えに詰まっている目の前で、唯織の股間が凄いことになっていた。

男性自身が、すでにはち切れんばかりに赤黒くびんびんにそり勃っている。

「あの、いや、というか……、その、もう朝だし。昨日いっぱいしたし……」

結乃花はぴんと上向き、思わせぶりに揺れるそれを見ていられずに視線を逸らす。

唯織の精力に驚いてしまう。クールそうに見えていわゆる絶倫、なのではと思う。夕べも何度も穿たれ、時間をかけてたっぷりと心も身体も満たされるまで愛してもらった。

それなのにその翌朝から睦みあうなど、こんなにもエッチで幸せでいいのだろうか。

「結乃花が可愛くてどうしようもない。ごめん、俺が無茶をさせているのはわかるけど、付き合ってくれる？」

切なげな甘い声を吐かれて見つめられれば、拒むことなどできない。

結乃花は耳を赤く染めて、こくりと頷いた。

「ん、いい子。たっぷり愛してあげるよ」

唯織の肉棒が昨夜の愛撫で柔らかくなった花襞を愛おし気ににゅるんと滑る。

まるで初めて触れ合うかのように、同時に感極まった声が漏れた。

結乃花はあまりの気持ちよさに、後孔をきゅっと窄ませた。

どこかに力を入れていないと、朝から自分がふやけてしまそうだ。

「結乃の身体、どこもかしこもすごく気持ちいい……。もう、とろっとろに溶けてるよ。俺もそんなに持たないから、すぐに射精《で》てもいいように、ナカで気持ちよくしてあげるね」

「えっ、ひゃぁぁ……ッ」

　蜜口に亀頭がずぷずぷと沈み込む。さんざん慣らされた泥寧《ぬかるみ》がご褒美を美味しく頂くように、逞しい熱を奥へと呑み込んでいく。

「ああ、結乃……。俺の形を覚えたみたいだね。でもそんなに締めつけたらすぐに射精《で》てしまう。緩めて」

「む、無理……ッ」

　そう言われても、自分の身体をコントロールするなんてできない。それでもなんとか緩めようと神経を集中すると、逆にお腹に力が籠って隘路が収縮してしまう。

「……っく、締めすぎ。そんなに俺が早く欲しい？」

　ようやく根元まで埋めると、唯織が堪らないというように瞳を細めた。今度は荒い吐息を吐きながら、腰をしなやかに波打たせてストロークを開始する。

　陰茎が長いせいなのか、結乃花を味わうように出し入れしているせいなのか、ひとつひとつのストロークにも時間がかかる。

　長い肉棹がたっぷりと結乃花の蜜襞を擦りたて、快楽をこれでもかと植え付けていく。

　そそり勃った剛直でぐちゅぐちゅに奥を掻き回されれば、結乃花だけではなく、唯織も気持ちよさそうだ。ときおり何かを堪えるように腰をとめては微かに呻いて息を詰めている。

「結乃……、最高に気持ちいい。可愛い。俺の結乃花……」

愛しむように、とんとんと奥を突かれ、脳芯を蕩かすような甘い声で囁かれ、唯織がくれる快感にすっかり溺れてしまう。まるで淫猥な楽園に二人きりでいるようだ。

何度も剛直を抜き差しされ、もうこれ以上はダメなほど愉悦がせり上がってきた。

結乃花は我慢できずに太い陰茎を呑み込んだままキュッと締め付けた。

「ひんっ……」

「あぁっ、結乃……ッ」

共に忘我の極みに達すると、唯織は結乃花の泉をくまなく満たすように、熱い精をたっぷりと注ぎ込んだ。

第七章　豊穣の泉

好きな人の車の助手席に座るのは、こんなに安心感があるのだな……。

そんなことを思いながら、結乃花は唯織の愛車で七神神社に向かっていた。

昨夜、上条の車に乗った時は、なぜかそこが自分の居場所ではないという違和感があった。今は唯織の存在をすぐ隣に感じ、不思議としっくりくる。

端麗な唯織の横顔をじっと見つめていると、高校生の頃からもう九年も経っていることが信じられずにいる。

切れ長の瞳も、筋の通った鼻梁も、すっきりした顎のラインも、高校生の頃の唯織のまだ。それでも、仕事モードの大人びた表情も、結乃花だけに見せる夜の艶めいた表情も、少年だった頃の唯織とは違う。

あちこち成長を遂げたと言うべきなのだろうか。それともただ結乃花が、本当の唯織を知らなかっただけなのだろうか。

「……どうしたの？　身体は大丈夫？」

「あっ、う、うん。もう全然なんともないよ」

結乃花は唯織に見惚れていたことに気が付いて、慌てて視線を外す。

高校生の頃でさえ、唯織は恰好よすぎた。

それなのに、九年後にさらにその上をいくほど恰好よくなって戻ってくるなんて、神様、聞いてないですよ……。

そう思いながら再びちらりと盗み見ると、今日はリネンのスカイブルーのシャツに黒のスラックスという休日らしいシンプルないで立ちだ。

捲り上げた腕は、太い血管が走っていて男物の腕時計がよく似合う。指先は爪が綺麗に切りそろえられ、結乃花の手をすっぽりと包むほど大きい。

その手が結乃花の乳房を余裕で包み、やわやわと揉みこみ、ぎゅっと掬い上げた。それから敏感になった頂を……。

――これ以上はだめ。

きゅうんっとお腹の奥が切なくなって、思わず赤く染まった顔を両手で包む。

昨夜は、結乃花も乱れた自覚はあるが、唯織も凄かった。

獣のようなオーラを立ち上らせ、汗ばんだ熱い肌を重ねながら、腰を激しく穿ってきて……。

うっ……、大きいのは手だけではありませんでした。

ひとり心の中で突っ込みを入れてしまう。

思い返すだけで肌が火照り、しゅうっと音がして蒸発してしまいそうになった。

「さっきから、どうしたの？　ん？」

平然とした唯織に嫌味のひとつも言いたくなる。経験豊富な男の余裕なのだろう。

「唯織《いお》くんって、離れていた間にすごくエッチになったよね」

「そう？　高校の頃から、俺はエロかったと思うけど。何しろ、結乃花のことを思いながら一人エッチばっかりしてたし」

「うそ……っ、信じないよ。だってサッカー少年だったし、成績もトップで品行方正だった唯織《いお》くんがそんなことするはずない……」

「思春期だから、人並みに性欲がすごかったと思うよ。でも離れていた間も、俺には結乃花しかいなかったから余計に性欲が溜まってしまったかな」

「……へ？」

結乃花が耳を疑うようにして唯織を見上げると、彼がちょっと照れたように耳を染めた。

「うん、正直に言うと、付き合った子もいたけど、深い関係にはならなかった。九年間、ずっと結乃花を思って一人エッチしかしていなかったから。結乃花以外の女の子を抱きたいとも思わなかったし」

衝撃の告白に、結乃花の顔色が引き潮のようにさぁっと引く。

――嘘でしょう。唯織も私が初めての相手だったの？

ごくりと喉を鳴らしながら、これまで唯織に抱かれた記憶が蘇る。

それなのに、色々すごすぎる……。

今朝だって寝起きに抱かれた後、すぐには足腰が立たずにベッドから起き上がれなくなってしまったのだ。

そんな結乃花を唯織は軽々と抱き上げ、一緒にお風呂に入り身体を隅々まで綺麗に洗われるという恥ずかしいことをされてしまった。

時間がないせいか最後まではしないものの、お風呂の中でも舌や指を使ってたっぷりと気持ちよくされ、結乃花は朝から茹だってしまいそうなほどだった。

あれだけ体力を使いながら、隣で平然とハンドルを握る唯織はおよそ疲労とはほど遠く、生気が漲《みなぎ》っている。

「もう少しで着くよ」

唯織から声を掛けられた結乃花は、緩みそうになる頬を引き締め背筋をしゃんと伸ばした。

大事なことを忘れてしまっていた。

時計を見ると、時刻はもう十時を回っている。

神社に戻って、父や母になんと言われるかと想像すると消え入りたくなる。男の人と一晩一緒に過ごしたからには、何があったかは一目瞭然ではないか。

もちろん、結乃花ももう、二十五歳になる大人なのだから私生活をとやかく言われることはない。父も母もいつかはそんなときが来ると、覚悟しているはず。

その相手も、昔から父母がことのほか信頼している唯織なら、なおさら煩いことは言わないだろう。なにしろ母は唯織の事を自分の息子のように可愛がっていたのだから。

ただ、不必要に両親がはしゃいで、唯織に結乃花を嫁にもらえと言い出さないかが心配だった。唯織とは好きな気持ちが通じ合ったばかりだ。唯織の方も今すぐ結婚までは考えていないだろう。

車が参道に入ると、土曜日ということもあり、いつもより参拝客らしき人影がちらほらいる。

結乃花も、普段はとっくに巫女として出仕している時間だ。盛大な遅刻だが、なんと言い訳をしようかとと考えあぐねていると、隣で唯織がちらりと結乃花を盗み見てくすりと笑みを漏らす。

「……何を笑っているの？」

「いや、結乃花の顔が赤くなったり青くなったりして見ていて飽きない」

「もうっ、唯織《いお》くんのせいなんだからっ。本当はとっくに授与所にいる時間なのに」

「散々エッチした後の結乃花の巫女服、たまらないな。朝からエロいことをしていたのに、取り澄ました結乃花も可愛いだろうね。でも、今日から数日、休みを貰えるように夕べおばさんに伝えたから大丈夫だよ。色々準備もあるしね」

結乃花はきょとんとして唯織を見た。

極上の笑みを浮かべる時の唯織は、何かを企んでいるようで侮れない。

「準備ってなんの？」

「ん――、結乃花の引っ越しの準備、かな」

「ひ、引っ越し……？」

「忘れちゃった？　夕べ愛し合っているときに、一緒に住もうと約束したはずだけど……」

唯織はひどくショックを受けた顔で眉を顰めている。

思い返してみると、意識を失う前に、唯織に抱かれながら何かを囁かれた気もするがよく覚えていない。

「い、一緒に……？」

「うん、二人で一緒に住もう」

夢ではない。

唯織から一緒に住もうと言ってくれたのだと思うと幸せな気持ちが溢れてくる。

「実家の屋敷は、風呂が一つしかないし改装しないとならないな。ひとまず、俺のマンションにおいで」

「……はい」

唯織の大きな手で自分の手をぎゅっと握られ、心が熱くなる。

これって同棲……ということだよね。結婚までは考えてなくても、唯織が自分と一緒に住みたいと思っていることが分かって嬉しかった。

「着いたよ」

車はいつの間にか七神神社の鳥居の前に到着していた。

唯織はエンジンを切ると、シートベルトを外しながら結乃花の方に向き直る。射抜くような双眸に見つめられ、結乃花は心の奥を覗かれているようで、ふるりと身を震わせた。

「夕べも愛し合っている時に伝えたつもりでいたけれど、結乃花は覚えていないようだし、もう一度言う。九年も待たせてごめん。結乃花を忘れようと思ったけれどできなかった」

改めて謝ろうとする唯織に結乃花は大きく首を振る。

「ううん。唯織くんだけじゃないよ。私も同じ。どんなに忘れようとしても無理だった」

すると唯織が両手で結乃花の頰を包む。

しっとりとした肌を撫でる男らしい指先が、とても艶めかしい。結乃花は思わず子猫のように唯織の掌に頰を摺り寄せて、喉を鳴らしたくなった。

可能なら、一日中こうして愛撫されたい。

唯織の体温と香りに包まれて、すべてを差し出し甘い吐息を捧げたい。

「結乃……」

唯織は低く呟きながら結乃花に顔を近づけた。互いの額をコツンと重ね合わせて、一瞬だけ瞳を閉じた。二人の吐息が一つに溶け合う。

「――結乃花、愛している。結婚しよう」

その言葉に結乃花は心が震えて泣きそうになる。

優しい声音と唯織の温もりが、結乃花の心の隅々にまで沁みわたる。

この九年間、離れていても好きで好きで堪らなかった人と結ばれることが出来るなんて夢のようだ。

「わ、私でいいの？　神社の娘という以外に何も取り柄もないし……」

「結乃花でないとだめなんだ。お願いだ。うんといって……」

唯織の声も震えている。覗き込まれた瞳には、紛れもないひたむきな愛情が宿っていた。

一度は、諦めたものだった。唯織と一緒に未来を見てみたい。

「私も今もこれからもずっと世界で一番、唯織《いお》くんが好き……愛しています。どうか私と結婚してください」

自然と涙が溢れてきた。心が干上がることはもう二度とない。

ふわりと緩んだ優しい目で見下ろされ、胸が一杯になる。

唯織と結乃花は世界で一番甘くてお互いに蕩けそうなほど幸せなキスをした。

☆

「おやおや、ようやくお出ましですね」

二人が手を繋ぎながら杜の中にある泉に行くと、賑やかな人だかりができていた。

春日が目ざとく二人の姿を見つけて、にこにこと嬉しそうに近寄って声を掛ける。

「どうやらあなた方お二人のおかげですね。ほら、見てください。泉がすっかり元通りになりました」

昨日の昼までは、底石がかろうじて濡れていただけで、泉はほぼ干上がっていた。それがなんと一晩で、溢れんばかりに満たされている。

結乃花が唯織のマンションに泊まって朝帰りしたことなどどこへやら、宮司の父も母も唯織の父や社務所のスタッフ全員が総出で、泉を囲んで嬉し泣きしている。

昼から急遽、神様に感謝の祭祀が行われることとなったそうだ。

「信じられない。こんなことが本当にあるなんて」

「やっぱり、俺たちが結ばれたのはこの泉のお陰かもしれないな」

「――どうしてそう思うの？」

「九年間、この泉は俺たちの気持ちが通い合うのをずっと待っていたのかもしれない。でも、いよいよ難しいと分かって枯れてしまった。自ら枯れることで俺たちの運命を再び巡り合わせるためのチャンスをくれたんじゃないかな。この泉が枯れなければ、結乃花と再会して移しの露の儀式をできなかったから」

「うん、七神神社の神様が、そうしてくれたのかな？」

「だとすれば、お供えも寄進もたんまりしないといけないいな」

二人は見つめあって、くすくすと笑う。

現実的な唯織が迷信じみたことを言うのは珍しい。

でも、確かに七神神社の神様の思し召しなのかもしれない。

唯織がいない間、結乃花の心は泉と同じように、ひび割れてからからに乾いていたのだから。うじうじと悩んでいた結乃花に、神様が気付かせてくれたのだ。

「でも、結乃花。もう泉が枯れることはないから」

唯織は結乃花の手をしっかりと握る。

見上げた唯織は、泉の上できらきらと輝く陽光を映したような瞳で微笑んだ。

そんな二人を春日も満面の笑みを浮かべて見つめている。

どこまでも澄んだ紺碧の泉が、まるで鏡のようにしっかりと手を繋ぎあった二人の姿を映し出していた。

☆

——数か月後の吉き日。

七神神社で唯織と結乃花の結婚式が盛大に執り行われた。

拝殿ではどぉん、どぉんと太鼓が厳かに鳴り響くなか、白無垢に身を包んだ結乃花が紋付袴姿の唯織の隣に寄り添っている。

すっかり体調を取り戻した結乃花の父も白装束に身を包み、神の御前で粛々と祝詞を奏上する。その姿を見ながら、結乃花はこれが現実とは思えず、白昼夢を見ているのではないかと思うほどだ。

幼い頃から、結乃花は父が結婚式を執り行うのを見て花嫁姿に憧れてきた。十代になると、いつか白無垢に身を包んだ自分が、唯織の隣に立つ日を夢見るようになった。

しかし唯織が高校を卒業して離れ離れになり、同時にその夢をあきらめた。

まさかこうして唯織と並んで結婚の祝福を受ける側になる日が来ようとは、この場に立っていても信じられない。

結婚の誓いを述べる唯織のよく響く声を聴きながら、結乃花はほろりと涙を零してしまう。今日から結乃花は七神の家を離れ、唯織とこれからの人生を共に生きて行く。

とはいえ、嫁ぎ先の久龍の家は神社のすぐ隣にあり唯織も氏子総代だ。

結乃花も結婚したため巫女としてお務めすることはできないが、社務所のスタッフとして宮司である父とともにこれからも七神神社を支えていくことに何ら変わりはない。

父は結乃花にたくさん子供を産んでもらい、孫の誰かに神社を継がせたいと今から仄《ほの》めかしている。

そんな未来があるかどうかは今の結乃花には分からないが、両家が幾久しく、七神神社を支えていくことは脈々と続いて行くだろう。

誓詞奏上《せいしそうじょう》を終えた唯織が、少しほっとした様子で結乃花の手を取り、眩しそうに目を細める。

今度は再び二人で神前に進み、玉串に自分の心をのせて神様に捧げていると、唯織がそっと耳打ちする。

「結乃、なんてお祈りした？」

「唯織《いお》くんとずっと幸せでいられますようにって」

「俺は、早く夜になって結乃花を独り占めしたいと祈ったよ」

あからさまな言葉に耳まで真っ赤に染まる。白絹の綿帽子を被っていたおかげで、誰にも気付かれなかったようだ。ちょっとむくれた顔で唯織を見ると、これ以上ないくらい甘い笑顔を返されて、結乃花の方が恥ずかしくなるほどだ。

「それでは、これよりお水合わせの儀を行います。新郎新婦の後に続いて、参列者の皆様は泉にお移り下さい」

進行を行う巫女に告げられると、参列者たちが騒めいた。

この儀式は、七神神社ならではのメインイベントだからだ。

水合わせの儀とは、新郎新婦の両家からそれぞれ汲んできた水をひとつの盃《さかずき》に注ぎ合わせる儀式だ。両家が一つになるという意味が込められている。

七神神社では盃ではなく、神社の泉に両家から汲み取った水を注ぐのだ。

泉のほとりで行われ、一般の参拝客も見守る中で行われるため、人気の儀式となっていた。

結乃花の場合は復活した七神神社の泉の水が、結乃花の家の水となる。そのため久龍家の屋敷の庭に湧き出している小さな泉から水を汲み、神社の泉に注ぐことになっていた。

境内を父や唯織の後に続いて歩いて行くと、周りの参拝客から二人の姿にほぅっと溜息が漏れる。時折、スマートフォンを向けられるのがなんだか気恥ずかしい。

――が、よく見れば女性客の多くは、結乃花よりも唯織に向けてシャッターを切っているようだ。凛とした唯織は、誰よりも素敵で、誰よりも頼もしい。

写真を撮りたくなるのも仕方ないかな、と結乃花は心の中でため息をついた。

泉に着くと、そこでは衣冠単《いかんひとえ》を身に着けた春日が神事を執り行った。お祓いの祝詞をあげ大麻《おおぬさ》を左右に振ってから唯織たちに向き直る。

「では、これより、久龍家の水を七神神社の泉に注ぎ入れます。では久龍唯織くん、結乃花さん、どうぞ」

まるでウエディングケーキ入刀のように、二人でする初めての共同作業だ。すぐ近くにいる十織からは、ヒューという冷やかしの口笛が鳴る。

結乃花の父母も唯織の父も、二人が結婚の儀式の総仕上げとして、水を注ぎ入れるのを期待を込めて見つめている。

周りの参拝客からも一緒になって、「せーの！」と掛け声が上がった。

唯織と結乃花は笑いながら、今朝、久龍家の庭の泉から汲み取ったばかりの水を七神神社の泉に注ぎ入れた。

ようやく一連の儀式が済むと、結乃花と唯織はほっと肩の力を抜いた。

唯織は結乃花の手を引いて、春日に礼を伝えるために近づいた。

「春日さん、このあとすぐに帰るそうですね。色々ありがとうございます。泉も元どおりだ。泉を復活させる一連の儀式も終ったと考えていいですか？」

春日は爽やかな笑顔で力強く頷いた。

「ええ、確かにこの目で見届けました。今だから言いますが、神の御前で契りを捧げた一の龍と七神の姫が心を通い合わせ、婚姻により結ばれれば永久に泉が潤うと、禁秘抄にはそう記されていました」

唯織と結乃花の二人は驚いて顔を見合わせた。

「では、春日さんはどうしたら泉の水が元に戻るか知っていたということですか？」

「はい。ですが、結婚は人に言われてするものではありません。ただ形式上の婚姻を結んでも、泉は干上がったままで湧いてこなかったでしょう。肝心なのは、お二人が心を通じ合わせること。神の力で……、いえ、他人《ひと》が人の心を通じ合わせることはできません。本人たちの力で何とかするほかなかったのです。神はただ導《しるべ》を示すことしかできない。そうでしょう？」

結乃花はこくりと頷いた。

――確かにそうだ。自分と唯織は、神様に気付かせてもらったのだ。

お互いがどんなに大切な存在であったかということを。

唯織も同じように思ったのか、何も言わずに結乃花を見つめている。

「でも、お二人のおかげで無事に泉も元に戻りましたし、なにより二人が結ばれたことはこの上なく悦ばしい。儀式はこれで完了です。神社本庁にも報告しますね。唯織くんも結乃花さんも、お疲れ様でした。いや、目出度《めでた》い。弥栄《いやさか》、弥栄」

春日は、二人に心からの祝福を捧げてくれた。

「ありがとうございます。春日さんも、忙しいのにわざわざ神社本庁から僕たちの式を見届けに来てくれてありがとうございました」

唯織がお礼を言うと、春日がくっくと笑いを堪《こら》えた。

「いえいえ、私の本来の仕事ですから……。迷っている人々に加護を与え、見届けるのは」

「えっ？」

「いいえ、では、私はこれで」

唯織と結乃花にそう言い残して、春日は幸せそうな二人に目をやると穏やかに微笑んで泉を後にした。

大勢の人が一緒に写真を撮ろうと新郎新婦を取り囲んでいる。

いまだ冷めやらぬ式の余韻で賑わう泉を後にして、春日は目立たぬように御神体が鎮座する本殿の中へと進んで行った。

今日の本殿は人影が全くなく、静まり返っている。

春日は静謐《せいひつ》な空気の漂う本殿から、二人が最初に契りを捧げた幣殿を見渡した。

「ふふ、ありがとう……、二人とも。これで私も安心して戻れますよ」

目を閉じ慈愛に満ちた表情を浮かべると、その身体がご神体の中にすぅっと吸い込まれるように消えていった。

終章　蜜月旅行

「みてみて！　唯織《いお》くん、なんて大きいの！」

「本当だ、太くてすごい迫力だな」

二人は、出雲大社西側に位置する神楽殿の大しめ縄を見上げて、うーんと感心したように唸る。ずっしりと重量感のある荘厳な佇まいに、しばし言葉を失い圧倒される。

「いったい重さはどれぐらいあるのかな？」

「パンフレットには、長さ十三メートル、重さ五・二トンとあるよ」

唯織と結乃花は結婚式を挙げた後、唯織の仕事が落ち着いた十月に入ってから出雲大社に新婚旅行に出かけている。

結乃花が前々からずっと訪れてみたいと唯織に話していた場所だ。

出雲大社は日本一の縁結びの聖地として名高い。

ちょうど十月には全国の八百万《やおよろず》の神が、縁結びを行うために出雲大社に集まると言われている。そのため十月は世間では神無月《かんなづき》というが、ここ、出雲では逆に全国から神々が集まるため、神在月《かみありづき》と呼ばれていた。

「そろそろ境内に戻ろうか？」

西門から境内に入ると、長方形の長屋造りの建物が見える。檜皮葺《ひわだぶき》屋根の十九社《じゅうくしゃ》と呼ばれるお社《やしろ》だ。

神在月には全国から出雲大社に集まってきた神様が、寝泊まりする場所となるらしい。神様がいるので、普段は閉じられている十九社の扉が全て開かれている。これを見られるのは今の時期だけの貴重な景観だ。

「すごいな。今の時期に来てよかった」

「うん、うちの神社の神様にも会えるかな？」

「ああ。ここでお参りしておけば、七神神社だけでなく全国の神様に一度に願いを叶えてもらえそうだ」

「唯織《いお》くん、それはいくらなんでも端折《はしょ》りすぎ」

二人は笑いながら手を繋いで歩き出す。

十九社は東にも配置されているから、境内の中だけでも見どころが沢山ありそうだ。

「結乃、こっちにおいで」

ふいに唯織が結乃花の手を引き、人影のない方に歩いて行く。不思議に思っていると、腰を引き寄せられ、唯織の唇が重なった。

「んっ……、唯織《いお》くん、人が……」

「誰もいないよ」

「で、でも十九社にいる全国の神様に見られてしまうかも……」

「望むところだ」

ちゅ、ちゅ……とリップ音を立てながら、唇を合わせるだけの浅いキスだった。それでも舌先で唇をくすぐられれば、自然と唇を開いてしまう。唯織の舌がするっと奥に侵入し、結乃花の舌を捕えて絡みついてきた。甘く愛撫され、鼻から抜けるような甘い吐息が漏れてくる。

結乃花はいっとき、唯織の胸に手を重ね、口づけを交し合う。

もうこれで今日、何度目かの熱い口づけに陶酔する。

「結乃……、可愛い。好きだよ」

「はぁ……あ……、んっ」

結乃花と思いが通じてからの唯織は、二人だけの時のみならず、よく人前で手を繋いだり、ふいにキスをしたりと、なにかとスキンシップをとってくる。

百八十センチを超えるすらりとした体躯でスーツを着こなし、切れ長の瞳の端正な顔をした唯織は、周りからは近づきがたいオーラを醸し出している。

そもそも唯織は不必要に他人と話さないからなおさらだ。

だが、結乃花といる時はまるで可愛い子犬のように全力でしっぽを振ってくる。また夜も、愛されていると実感できる濃厚で濃蜜なスキンシップを結乃花に与えてくれるのだ。

ある時のこと。結乃花が、「唯織《いお》くんって、キスやエッチが好きだよね」と言うと、九年もの間の結乃花ロスだった時間を取り戻している、ということだった。

自分の誤解のせいで結乃花を傷つけ、本来ならもっと沢山の時間や経験を二人で共有できたはずだからと。

本音を言えば、結乃花も同じように思っていた。

こんなにも唯織といたい。唯織とキスしたくて堪らない。

こうして親密に触れあっていると、目の眩むような幸福感に溺れてしまいそう。

いつも唯織に求められていると思うと、内心嬉しかった。

今日も境内の中で人気のない場所を見つけては、幾度となくキスを仕掛けてくる唯織を拒めないのもそのせいだ。

きっと、そのうちの一つ二つは誰かに見られているかもしれない。

「結乃……、早くホテルに戻って結乃花を抱きたい。……いいだろう?」

「……だめ。んっ、今日は……、夕方まで出雲大社を見て回る……んっ、予定でしょ……」

甘く舌を絡められ、危うく唯織の誘いに乗ってしまいそうになる。

「明日も見て回れるよ。それにほら、胸の先っぽ……、尖ってきてる。可愛い。口で含んだら美味しいだろうな。想像してごらん」

思わず結乃花はその言葉に、ぞわぞわする。

まずい……。唯織の作戦に嵌まってしまいそうだ。

唯織は甘いキスを繰り出しながら、いつの間にかワンピースのボタンを二つほど外し、胸元から手を差し入れ、結乃花の乳房をふわりと包み込んでいた。

指先で先端をコリコリと擽られれば、じん……と痺れて浅い呼吸を繰り返してしまう。

つい、唯織の言葉どおり胸の先端を含まれた感触を思い出し、腰から力が抜けてしまいそうになる。

結乃花にすげなく断られた唯織ではあるが、諦めるつもりはないらしい。

こうして結乃花を実力行使で籠絡してその気にさせ、ホテルに連れ帰ろうとする魂胆が見え見えだ。

「んっ……、唯織《いお》くん、だめだからぁ……んっ」

「でも結乃花、ほら、可愛い乳首がこんなにコリコリに勃ちあがってきてる。結乃花の身体は素直だよ」

指先を器用に動かしながら、耳元で甘く囁く唯織はもはや魔の使いだ。

これ以上は……止めなければ。結乃花も立っていられなくなってしまいそうになる。

——神様、助けて、と思った瞬間、ガタン！　と誰かが建物から出てくる物音がした。

ふたりははっとして身体を強張らせる。

誰もいなかったはずなのに、十九社に誰かいたのだろうか。

唯織は結乃花を陰になるように隠してくれ、その間に慌てて身繕う。

きっと顔どころか項《うなじ》までも真っ赤になってしまっている。

「おや、お二人さん、相変わらず仲睦まじいですね」

「春日さん⁉」

結乃花と唯織は、驚いて十九社のお社の前にいる人影に目を向けた。

白の袴に白地の紋の入った装束を纏い、穏やかな雰囲気を漂わせた春日が満面の笑みを向けている。どことなく苦笑しているように感じたのは、思い過ごしだろうか。

「春日さん、どうして出雲に？　お仕事ですか？」

まだ動悸が収まらない結乃花とは対照的に、唯織が何事もなかったように話しかけているのを見て、ある意味尊敬する。

「いいえ。こちらには私の父や兄弟がいましてね。年に一度、この時期はいつもここに来るのですよ」

「じゃあ、ご家族の皆さん、みんな神職なんですね」

唯織が感心したように言う。

神社仏閣は、世襲が多いからとりわけ珍しい事ではない。ようやく結乃花も平常心を取り戻して、春日に挨拶してから話しかけた。

「今の時期に皆さんが出雲に集まるって、なんだか八百万の神様みたいですね。神事のお手伝いですか？」

今度は結乃花が屈託なく聞き返すと、「まぁ、そんなようなものです」と春日は曖昧に微笑んだ。

「そうそう、あなた方のことも私からこちらの神様にお願いしておきますね。子宝に恵まれるように。ですが、私がお願いしなくてもその様子であれば、大丈夫そうですね」

まるで今ここで二人がしていた事を全てお見通しのような視線がいたたまれない。

春日は何度も出雲大社に訪れているのか、話題を変えて、とても詳しく大社内の見どころスポットやその所以《ゆえん》を教えてくれた。

結局、唯織も結乃花に付き合ってくれ、境内のあちこちを見て回り、土産物店を巡って縁結びの夫婦箸を購入する。

宍道湖畔《しんじこはん》のドライブを楽しみながら玉造《たまつくり》温泉に到着した頃には夕方を過ぎていた。

「すごかったなぁ、出雲大社。やっぱりうちの神社と比べても歴史もあるし見どころも沢山あるね」

「ああ、だけど俺はどの神社よりも七神神社がやっぱり好きだよ。一番落ち着く。檜の神楽殿も美しいし、なにより俺たちの氏神様だしね」

「えへへ、ありがとう。唯織くんにそう言われると嬉しい」

唯織が予約してくれた有名なリゾートホテルに着くと、一階にある部屋に案内された。広めの和室はモダンで新しく、居心地が良さそうだ。

だが、一歩部屋に入って絶句する。

部屋の角には、ガラス張りの窓があり、その向こうが檜の露天風呂になっている。

「へっ、部屋に露天風呂が付いているんだね」

「結乃花が露天に入りたいと言っていたから。もちろん大浴場にもあるけど、せっかくだから二人きりでゆっくり浸かりたいしね」

さらりと言われ、結乃花の心臓が跳ねた。

唯織のマンションで新婚生活をはじめた結乃花は、頑なに一緒にお風呂に入ることを拒んできた。そもそも、明るいお風呂で素っ裸になり、色々洗うところを好きな人に見られるなんて超絶、恥ずかしいからだ。

「ごめんね、ずっと運転していて疲れたでしょう。お茶淹れるね。あ、これから茶の湯体験もあるらしいよ。夕食までまだ時間があるし、行ってみようか」

結乃花が話を逸らそうとすると、背後から唯織に抱き竦められた。

「それより今すぐ結乃花を補給したい……。風呂、一緒に入ろう？」

こんなにがっちりホールドされていては、いくら嫌だと言っても逃げられそうにない。

耳元で懇願するような蠱惑的な声で囁かれれば、拒否できる女性なんてきっと世の中にいないだろう。

なにより、唯織に求められていると思うだけで、腰が甘く蕩けてしまう。

「ね……、結乃？」

返事もしないうちに、早速、露天風呂に連れて行かれてしまった。

「ああ、そうそう。結乃、上手だよ」

「ひゃっ、やぁ……んっ」

部屋の一角にある広い檜の露天風呂は、まるで杜の中にあるようだった。お湯は温度が低めでたっぷりと長湯ができる。泉質は無色透明でとろりとして、美肌の湯としても有名らしい。

なんでも高級化粧水と同じ成分が含まれているというから驚きだ。

本来であれば、ゆっくりと景色を堪能しながら入るはずの露天が、どうしてこうなってしまったのか。

結乃花は唯織の上に跨《また》がり、今にも爆ぜそうな熱棒を受け入れている。

唯織はその時をぎりぎりまで引き延ばそうとしているのか、ゆるゆると蜜洞を穿ち、まさに露天と結乃花の両方の居心地の良さを味わっている。

結乃花にとってはお湯に浸かるどころか、唯織の肉棒を胎内に収めているため、刺激的なこと、この上ない。

露天風呂の景色も、その滑らかな美肌のお湯さえも堪能する余裕など全くない。

苦しいほど、唯織でいっぱいなのに、どうしたことかもっと奥に欲しくなる。

たまらずに唯織の逞しい肩に手を置いて、自らゆっくりと腰を上げ下げする。

唯織の剛直はお湯の中でも完全にそそり勃ち、結乃花の蜜洞で当然とばかりにその存在を主張している。

ぐぐっと腰を下ろすが、もうこれ以上は呑み込めない。自ら唯織の昂ぶりを迎え入れるのは、快楽がキツすぎて結乃花にとってハードルが高い。

お湯の中で繋がり合うっていると考えただけで、下半身が甘く痺れてうまく力が入らない。

「結乃？　動けないの？　じゃあ、もっと奥に挿《い》れるよ」

「あっ、動いちゃ、やぁっ……」

「動かないと結乃花を堪能できない」

ゆるゆると先っぽを穿っていた唯織だが、結乃花の細い腰を持ち上げ、ずんっと繋がりを深めるように突き上げた。その衝撃で結乃花の身体が跳ねて、乳房がふるんと跳ねる。

じぃんと痺れた疼きが体中に広がって、胎内が唯織の熱でいっぱいに満たされた。

「すごい締まる。結乃の中、うねってやらしい」

「ひぃんっ、ぁんっ……」。

唯織がくちゅ、くちゅと奥を小突いてきて、逞しい肩に摑まっていなければ、気持ち良さに溺れてしまいそうだ。

とろみのあるお湯のせいか、唯織の幹が中で擦れるたびに、ぬるぬると滑って心地いい。

お湯と同化して媚肉も蕩けてしまいそうになる。

高まる快感に打ち震えていると、唯織が結乃花の唇や乳房の先端に甘く吸いついてきた。

「うーん、極上。どこもかしこも食べてしまいたいほど可愛いね。結乃花は」

檜の浴槽にゆったりと背もたれて、余裕で腰だけを揺らしていた唯織が乳房に吸いつき

舌鼓みを打つ。揉みしだいたり舐めたりと、たっぷり乳房を堪能してから、後頭部を引き寄せて、結乃花の舌にも絡みついてきた。唇まで食べられてしまいそうなほどの勢いで、ひとしきり淫らに唇や舌をしゃぶり尽くされる。

湯気と吐息が混ざりあい、露天風呂が淫靡な空間に塗り替えられた。

厚みのある舌で結乃花の小さな舌を捏ねられ、唇でやわりと食まれれば、下肢が切なく疼いてキュンキュンする。

唯織を蜜洞に呑み込んだままの口づけは、うまく快感を逃がすことが難しい。

上と下から甘苦しく責め苛《さいな》まれて、高まる愉悦にどうしていいか分からず、吐息まで震えてしまう。

「すごい中がとろとろ。ひくひくしてるね。結乃花も温泉を堪能してくれて嬉しいよ」

――チガイマス。

温泉を堪能してるのは、唯織一人だけだ。

そう言い返すことも出来ず、唯織が口づけをしながら、下から突き上げはじめた。

はじめは長く、ゆっくりとしなやかに腰を湯の中で揮う。

露天風呂がゆらゆらと緩慢に波打ち始める。まるで二人が快楽という船に揺られ、波間に浮かんでいるようだ。

心が通じ合ってからの性交は、唯織と肌を触れ合わせるだけでも悦びが身体中を駆け巡る。すれ違っていた九年という月日を埋めるように、毎夜淫らに交わっているというのに、際限がない。今も結乃花は唯織に触れているだけで気持ちよすぎて、全身が性感帯のようになってしまったみたいだ。

「んっ……、唯織くん、ひぁっ……、あん……っ」

感じすぎて身体をぴくぴくと震わせる。

艶めかしく乱れる結乃花のことを愛おしむように、唯織は乳房を揉みしだき、身体中に口づけの雨を降らせていく。

「結乃花の中、キスするたびにキュンキュン締まる。エッチな奥さんでよかった」

「──ちがっ、それは唯織《いお》くんが……あんっ」

唯織が悪戯っぽくゆさゆさと腰を揺らす。唯織からされることすべてが気持ちいい。

愉悦が胎の奥に送り込まれ、唯織の楔をきゅうきゅうに締め上げた。

「くっ……、結乃花の中、良すぎていつまでもこうしていたい。でも、そろそろもっと気持ち良くなろうか」

「あ、駄目、ふぁ、あ……んっ、んっ」

これ以上気持ちよくなったらどうなってしまうのか。

唯織が突き上げを深くして、ストロークを速めてきた。腰を支えていた手が尻肉を掴んで、本気モードで律動を開始する。

剛直が抜き差しされるたびに、結乃花の身体が湯面を跳ねる。強い快楽に思考がついていかない。唯織も息を切らし、腰を回し入れるように最奥へと陰茎を突き上げてた。

さらにぐりっと奥を抉られる。

「……っく、射精《で》る……ッ」

「い、イっちゃ……んっ」

天上の高みへと二人で階段を駆けのぼる。

唯織がどくりと爆ぜ、結乃花の一番深い神聖な泉に白濁を余すところなく満たしてく。

「く、愛してるよ。結乃花——」

唯織の言葉を心に噛みしめながら、結乃花の意識は深い深い悦楽の泉に、溶けていった。


——その夜、結乃花は夢を見た。

なぜか春日が、白装束を纏って七神神社の裏手の杜で手招きをしている。

「あら？　春日さん、こんなところでどうしたのですか？」

「結乃花さんにいいものを見せたくて来てしまいました」

「わぁ、いいもの？　なんでしょう？」

「頑張ったご褒美とでもいいましょうか」

「ご褒美ですか？　それだったら唯織《いお》くんにも」

「いえ、唯織君にはまだ内緒です。泉が湧いたのは結乃花さんの力が大きいですから。

まぁ、結乃花さんへの結婚のプレゼントです」

結乃花が首をかしげると、春日が悪戯っぽく笑って杜の奥の泉に向かって歩き出した。

「ふふ、早くこっちにいらっしゃい」

結乃花は訝りながらも、急いで春日の後について行く。

杜の中は霞がかっていた。

慎重に足元を見て歩いていたせいか、いつのまにか春日の姿を見失ってしまう。

「あれ？　春日さん……？」

歩きなれた杜とはいえ、結乃花は一人きりになり不安になった。すると、目の前に人影が見えてほっとした。

声を掛けようと近づくと、それは見慣れた人影だった。

——うそ。あれは、唯織《いお》くんと私？

結乃花は目を疑った。

紛れもなく、結乃花と唯織の二人が目の前にいる。二人からは結乃花が見えていないようだ。神楽殿で契った朝のように、仲良さげに肩を並べて泉への小径を歩いている。

すると、どこからか可愛らしいはしゃぎ声が聞こえてきた。

目の前の唯織と結乃花に向かって、小さな男の子が駆けていく。

唯織の小さな頃にそっくりの男の子だった。

——可愛い。どこの子だろう？

唯織が男の子をひょいと抱きあげると肩に乗せ、結乃花を愛しそうに見つめて、その手をぎゅっと握る。

もしかして、私たちの子供……？

結乃花は三人の仲睦まじい光景に胸が熱くなる。

——これは夢だわ。春日さんが見せてくれた夢。

そう思った瞬間、結乃花の意識が薄れていく。

唯織の腕の中で目覚めた結乃花は、はっとした。

今はホテルのベッドの中。背後から唯織にすっぽりと包み込まれている。

——私、夢を見ていたんだ。

目を閉じれば、夢の中の三人の姿が今もありありと浮かび上がる。

唯織と結乃花、そして唯織とそっくりな男の子。

この世で一番、愛しい人とその彼との子供だ。

三人は、泉のほとりで輝くような笑みを浮かべていた。

春日さんが世界一、幸せな結婚の贈り物をくれたのだ。結乃花は改めて思う。

唯織を好きな気持ちを諦めなくてよかった。そう遠くない未来、きっと今見た夢のような幸せがやってくる。その時まで、この夢のことは唯織には内緒にしておこう。

結乃花は唯織の温もりに包まれながら、ふたたび幸せな微睡みの中に溶けていった。

ＥＮＤ

あとがき

皆様、こんにちは。月乃ひかりです。本作をお手に取ってくださってありがとうございます。初めての蜜夢文庫様で、私が書きたかった神社ものを書かせていただけました。

ご指導くださった編集者様、素晴らしい表紙を飾ってくださった黒田うらら先生、本当にありがとうございました。本作の執筆の前に取材旅行と称して出雲大社に行きたかったのですが、色々な社会情勢で断念しました。その代わり、地元の北海道神宮でたっぷりお参りしたので、きっとこのご本をお手に取ってくださった方々にはご利益があるはず、と思っております！　さて、本作の中で、唯織と結乃花が久龍ビルのエスカレーター前で抱き合うシーンがあります。ピアノのメロディが流れ出すのですが、このメロディは「君の瞳に恋してる」を脳内再生して書いていました。皆様はどんなメロディを思い描いてくださったでしょうか。素敵な音楽を思い描きながら、楽しんでくださると嬉しいです。

落ち着かない日々が続きますが、少しでもこの物語が癒しになれば幸いです。

月乃ひかり

★著者・イラストレーターへのファンレターやプレゼントにつきまして★
著者・イラストレーターへのファンレターやプレゼントは、下記の住所にお送りください。いただいたお手紙やプレゼントは、できるだけ早く著作者にお送りしておりますが、状況によって時間が掛かる場合があります。生ものや賞味期限の短い食べ物をご送付いただきますと著者様にお届けできない場合がございますので、何卒ご理解ください。
送り先
〒160-0004　東京都新宿区四谷 3-14-1　UUR 四谷三丁目ビル２階
（株）パブリッシングリンク
蜜夢文庫 編集部
○○（著者・イラストレーターのお名前）様

溺愛蜜儀
神様にお仕えする巫女ですが、欲情した氏子総代と秘密の儀式をいたします！

２０２１年５月２８日　初版第一刷発行

著……………………………………………………… 月乃ひかり
画……………………………………………………… 黒田うらら
編集……………………………… 株式会社パブリッシングリンク
ブックデザイン…………………………………… しおざわりな
（ムシカゴグラフィクス）
本文ＤＴＰ…………………………………………………… ＩＤＲ

発行人…………………………………………………… 後藤明信
発行…………………………………………… 株式会社竹書房
〒102-0075　東京都千代田区三番町８－１
三番町東急ビル６Ｆ
email：info@takeshobo.co.jp
http://www.takeshobo.co.jp
印刷・製本……………………………… 中央精版印刷株式会社